Dietlind Köhncke

Die Wörtersammlerin

Eine deutsche Kindheit

Erzählung

IMPRESSUM

Die Wörtersammlerin

Reihe: **21**

Autorin
Dietlind Köhncke

Seitengestaltung
Größenwahn Verlag Frankfurt am Main

Schriften
Constantia und *Lucida Calligraphy*

Covergestaltung
Marti O´Sigma

Coverbild
Marti O´Sigma, neue Gestaltung-Grafik
inspiriert aus Brigitte-Spezialheft Nr.1, 1959

Lektorat
Regine Ries

Druck und Bindung
Print Group Sp.z.o.o. Szczecin (Stettin)

Größenwahn Verlag Frankfurt am Main
August 2014

ISBN: 978-3-942223-86-7
eISBN: 978-3-942223-87-4

INHALT

LILIBETH

»Der Krieg hört nicht auf«, sagt Mutter beim Frühstück und schaut uns mit ihren blauen Augen traurig an, »wir müssen aus Berlin raus.«

Wenn sie so schaut, werde ich auch traurig, aber ich will nicht weg.

»Ich komme doch in die Schule, ich habe schon einen Ranzen, wir können nicht wegfahren.«

»Die Kinder aus der Schule«, sagt Sonja, »werden alle evakuiert, auch die aus meiner Klasse.« Sonja ist schon richtig groß und kommt nach den Sommerferien in die dritte Klasse. Sie benutzt Wörter, die ich nicht kenne. »Sie können hier nicht bleiben, sie werden weggeschickt, und wir müssen auch weg«, erklärt sie mir. Trotzdem will ich nicht und stampfe mit dem Fuß auf.

»Wir fahren mit dem Zug aufs Land«, sagt Mutter, »das ist bestimmt schön und dort gibt es auch eine Schule.«

»Schön«, ruft Bärbel und will runter von Mutters Schoß. Sie hat von nichts eine Ahnung, so klein wie sie ist, grad mal drei Jahre alt.

»Hör zu, Lily«, sagt Mutter und fasst mich an den Händen, »wir fahren mit dem Zug nach Ostpreußen, da gibt es kein Sirenengeheul und wir sind wieder sicher. Großmutter kommt mit und Tante Dora auch, nur Großvater bleibt in Berlin. Er muss arbeiten und passt auf die Wohnung auf.«

Wenn Tante Dora mitkommt, dann freue ich mich vielleicht doch. Sie ist viel jünger als meine Mutter, fast wie eine große Schwester, und immer lustig. Tante Dora will studieren und Lehrerin werden. Vielleicht gehen wir dann mal zusammen in die Schule.

Und dann bringt uns der Zug zu einem Ort, der heißt Zöpel, und von dort fahren wir mit einem Leiterwagen bis zu dem Bauernhof, auf dem wir wohnen sollen. Mutter sagt, ich hätte im Zug ganz viel geschlafen, mit meinem weißen Teddy im Arm. Aber nun ist es doch nicht schön. Überall nur Felder und das Dorf ist weit weg von dem Hof. Warum müssen wir alle in einem Verschlag unter dem Dach schlafen, wo die Mäuse nachts herumlaufen? Und warum ist der Bauer so unfreundlich zu uns? Ich kann kaum verstehen, was er redet. Die Wörter, die aus seinem Mund fallen, klingen ganz anders als bei uns, so als ob man sie breit tritt. Großmutter sagt, er hätte uns aufnehmen müssen. Ich glaube, er ärgert sich, weil wir keine Verwandten von ihm sind und aus der Stadt kommen. Aber wir können doch nichts dafür, dass die Bomben hinter uns her sind.

Ich höre die Erwachsenen oft miteinander flüstern, wenn sie denken, wir schlafen schon. Großmutter und Tante Dora sprechen ganz viel mit meiner Mutter, die öfter wegfährt und nicht sagt wohin. Aber ich weiß, was ich weiß. Dass nämlich mein Vater seit damals nicht zurückgekommen ist. Ich glaube, dass sie ihn jetzt irgendwo besucht, aber mit uns Kindern nicht darüber reden will. Dabei habe ich doch gesehen, wie die schwarzen Stiefel und Mäntel ihn mitgenommen haben. Die Stiefel kannte ich schon, die hatte er auch an, wenn er von der Arbeit nach Hause kam. Wenn ich meine Mutter frage: »Wann kommt er denn wieder?«, sagt sie immer: »Er hat noch zu tun, er kann noch nicht kommen.« Jetzt hätte er in dem Zimmer auch gar keinen Platz mehr. Manchmal habe ich das Gefühl, dass ich ihn vergesse, er wird immer leiser in mir.

Ich verstehe die Erwachsenen nicht. Wenn man sie was fragt, schieben sie einen weg und sagen: »Wir haben andere Sorgen.« Auch Tante Dora ist nicht so lustig wie sonst und spielt nicht mit uns. Dabei hat sie doch Zeit genug. Manchmal bleibe ich extra auf der langen Chaussee hinter den Erwachsenen zurück. Aber sie drehen sich nicht um und rufen: »Lily, wo bleibst du?« So als ob sie einen gar nicht vermissen.

Ich brauche sie nicht mehr, ich komme jetzt in die Schule. Der Weg dorthin ist weit, eine Stunde lang laufen die Kornfelder, so weit man schauen kann, auf beiden Seiten mit. Im Dorf führen die Bäume am Wegrand die Straße direkt in die Schule hinein, wo in der ersten Klasse schon viele Kinder sind, die ich noch nie gesehen habe. Sie sprechen die Wörter genau so wie der Bauer aus.

Ein Mädchen mit langen, hellen Zöpfen sitzt neben mir, sie hat eine Schürze über dem Kleid und lächelt mich an. So eine Freundin hätte ich gern, die sich freut, wenn sie mich sieht. »Elsbeth!« ruft sie, als die Lehrerin fragt, wie wir heißen und unsere Namen in ein großes Buch eintragen will. Elsbeth ist noch nicht dran und soll nicht so vorlaut sein, aber sie ist es wohl gewöhnt, einfach zu rufen. Der Name gefällt mir mit einem Mal viel besser als mein eigener, er klingt so ähnlich wie der meiner Mutter. Großmutter, Großvater, Tante Dora und mein Vater sagen »Betty« zu ihr.

Als ich an die Reihe komme, sage ich: »Ich heiße auch Elsbeth.« Und bin selbst ganz überrascht, dass der Name aus meinem Mund heraus gekommen ist. Aber dann sind wir ganz begeistert, dass wir nebeneinander sitzen und denselben Namen haben. Auf dem Nachhauseweg lassen wir niemanden sonst an uns heran. »Elsbeths gehen mit Elsbeths«, sagen wir. Sie hat denselben Weg wie ich, aber kommt schon etwas eher auf ihrem eigenen Bauernhof an, wo sie nicht unterm Dach wohnt. Ihre Schneidezähne wachsen nur langsam nach. Die ersten sind über alle Berge, sagt sie. Meine sind nicht über alle Berge, sondern liegen in einem Kästchen. Als sie gewackelt haben, hat Großvater einen Bindfaden um sie herum gewickelt, das andere Ende an der Türklinke festgebunden und gesagt: »Mach die Augen zu und stehe ganz still.« Dann hat er die Tür zugeschlagen und raus waren sie. Aber jetzt habe ich neue Schneidezähne und einer steht ein bisschen schief. Großmutter findet, das sieht lustig aus. Aber ich weiß nicht.

Wir beiden Elsbeths sitzen nebeneinander und lernen schreiben. Es ist komisch, dass ›Tasse‹ und ›Puppe‹ und ›Teddy‹ genauso viel Buchstaben haben, obwohl meine Puppe mit den echten Haaren und mein weißer Teddy doch viel größer sind als so eine kleine Tasse, in die gar nicht viel Milch hineingeht. Aber eigentlich sind wir erst beim Buchstaben ›E‹ und darum schaue ich immer aus dem Fenster.

Tante Dora hat gemerkt, dass ich so tue, als ob die Erwachsenen für mich Luft sind und schreibt jetzt jeden Tag mit mir. Als sie mir das längste Wort beibringt, das ich bisher geschrieben habe, nämlich ›Straßenbahn‹, kommt es mir vor, als sei ich wieder in Berlin und schon ganz groß.

Die andere Elsbeth kommt mich nie besuchen und das will ich auch nicht, denn dann würde sie ›Elsbeth‹ zu mir sagen und es würde rauskommen, dass ich gar nicht Elsbeth heiße. Ich gehe zu ihr, zeige ihr die anderen Buchstaben, die nach dem ›E‹ kommen und versuche so zu reden wie sie. Aber noch lieber hüpfen wir mit dem Seil oder gehen im Garten Äpfel und Birnen essen.

Weil ich so gern zu ihr gehe, soll ich eine ganze Woche bei ihr bleiben, als meine Mutter verreisen muss und Großmutter mit Sonja und Bärbel genug zu tun hat. Ich habe auf der Fahrkarte, die auf dem Tisch lag, das Wort ›Dresden‹ gelesen. Sie denken, ich kann das noch nicht lesen, aber da irren sie sich. Doch was nutzt es, das Wort zu lesen und nicht zu wissen, wo das ist. Ich kann mir schon denken, zu wem sie da fährt, sage es aber nicht.

Bei Elsbeth ist es schön, wir erzählen uns abends im Bett viele Geschichten. Aber dann verdirbt Elsbeths Mutter alles, als sie mir Speck aufs Schulbrot legt. Ich muss spucken, als ich hinein beiße, so eklig schmeckt das Fett. Ich bringe das Brot zurück und lege es auf den Tisch, aber Elsbeths Vater sagt, dass es guter Speck sei und dass ich das Brot am nächsten Tag noch einmal mitnehmen müsse. Ich könnte es ja wegwerfen, aber ich bringe es wieder zurück und lege es auf den Tisch. Elsbeths Vater sagt: »Du bekommst erst ein anderes, wenn du dieses aufgegessen hast.« Aber ich esse es nicht und nach einer Woche liegt das Brot immer noch auf dem Tisch und ist ganz hart. Ich weiß jetzt, dass Elsbeths Vater mich nicht leiden kann, so wie auch unser Bauer uns alle nicht leiden kann. Aber Elsbeth hat mich gern und steckt Birnen in meinen Schulranzen.

Und dann kommt der Tag, an dem Sonja in der Pause auf die Seite des Schulhofes kommt, wo wir aus der ersten Klasse immer spielen.

»Ruft mich ›Lily‹«, sage ich zu den anderen Kindern, »nur so zum Spaß.«

Aber sie verstehen nicht, was das für ein Spiel sein soll und denken: Die Elsbeth spinnt wohl.

Als Sonja ›Lily‹ zu mir sagt, bekommen sie große Augen, in die ich fast hineinfalle. Und kein Zauberspruch hilft, damit der Boden sich öffnet und ich darin verschwinden kann, als die Lehrerin das große Buch aufschlägt, ›Elsbeth‹ durchstreicht, ›Lily‹ hinschreibt und mich dann mit Augen ansieht, in denen steht: »Was soll aus dir nur werden, wenn du schon die erste Klasse mit einer Lüge beginnst?« Ich weiß auch nicht, was aus mir werden soll, und Großmutter, Mutter und Tante Dora wissen es auch nicht, aber sie wissen ja auch nicht, was aus uns allen werden soll, in dem kleinen Zimmer, dem Geraschel der Mäuse in der Nacht und dem Klo auf dem Hof.

Meine Mutter streicht mir über das Haar und sagt: »›Lily‹ ist ein schöner Name, du kannst ihn ruhig zurücknehmen.« Teddy und Tante Dora finden das auch und da ist es mir mit einem Mal nicht mehr so schwer, dass die Lehrerin mich durchgestrichen hat. Elsbeth findet es so seltsam, dass sie nicht mehr ›Elsbeth‹ zu mir sagen soll, dass sie gar nicht damit aufhören kann, ›Elsbeth‹ zu sagen. Dann hält sie erschrocken die Hand vor den Mund, aber der Mund will immer etwas anderes als die Hand. Und weil sie sich dadurch verheddert, erfindet sie mit einem Mal einen neuen Namen und sagt zu mir ›Lilibeth‹ und wir fallen vor Lachen auf den Rücken. Das ist jetzt unser Geheimname, den wir nur sagen, wenn wir unter uns sind. Wenn ich ihn schreibe, ist er genau so lang wie ›Straßenbahn‹.

STIEFMÜTTERCHEN

Es ist ein stiller Ort. Kein Spielort. Hier gehen alle langsam und leise, sonst hören es die Toten und werden aufgeweckt. Die Gräber sind Beete voller Blumen und ziehen den Hang bis zum Wald hinauf. Nirgendwo gibt es so viele Stiefmütterchen wie hier. Wie eine blaue Wiese.

Von hier oben kann man auf das Dorf sehen. Die staubige Straße, die Kirche mit spitzem Turm, meine Schule. Da unten ist auch Frau Blanka. Sie hat uns aufgenommen. Mutter sagt, sie ist eine Seele von Mensch.

»Hier ist das Zimmer für euch, die gute Stube mit dem Kachelofen.«

Sie hat eine Seele, aber keine Kinder. Doch jetzt hat sie ja uns. Mit uns spricht sie deutsch, mit den Nachbarn polnisch.

»In diesem Dorf hat dein Ururgroßvater gelebt«, sagt meine Großmutter, »darum dürfen wir hier jetzt sein.«

Als es im Winter in Ostpreußen immer kälter in dem Zimmer auf dem Dachboden wurde, hat Großmutter gesagt: »Jetzt reicht's!« und da ist ihr das Dorf Usch im Warthegau eingefallen, wo mein Ururgroßvater gewohnt und als Baumeister die Kirche gebaut hatte. Und dort sind wir jetzt.

In der Stadt fallen immer noch die Bomben. Nachts höre ich meine Mutter manchmal weinen. Am Tag schlägt sie Sonjas und meinen Kopf zusammen, wenn wir uns streiten.

»Ich kann es nicht ertragen, wenn ihr euch zankt«, sagt sie.

Aber so sind wir eben. Wir sind auch gemein zu unserer kleinen Schwester.

»Zieh die Hose runter«, sagen wir zu ihr, wenn wir mit den anderen Kindern auf der Straße spielen. Sie hebt dann ihr Kleid hoch und lässt die Schlüpfer auf die Füße fallen. Mitten auf der Straße und wir lachen. Sie ist erst vier und will überall dabei sein. Aber auf den Friedhof nehme ich sie nicht mit. Dort bin ich allein und sehe mir die blauen Stiefmütterchen an. Es sind viele. So viele brauchen die Toten nicht. Sie merken es nicht, wenn ein paar fehlen. Wenn sie von unten aus dem Grab heraufschauen, ist es zu dunkel, wenn sie von oben vom Himmel heruntersehen, ist es zu weit. Stiefmütterchen sind viel schöner als die richtigen Toten.

Die Frau von gegenüber ist vom Blitz getroffen worden und liegt nun auf einem Bett mit Kerzen drum herum. Sie ist so still, dass es einen gruselt.

Meine Mutter freut sich, wenn sie die Stiefmütterchen in die Vase stellt. Sie fragt nicht, woher. In der Schule lernen wir, dass ›Krieg‹ fünf Buchstaben hat und ›Brombeerblätter‹ fünfzehn. Wir sammeln sie für die Soldaten, damit sie Tee bekommen. Für meinen Vater kann ich nichts sammeln, aber ich darf eine Karte schreiben, auf der steht: »Mir geht es gut, wie geht es Dir?« Ohne Linienblatt rutschen die Buchstaben immer nach rechts runter und ich muss aufpassen, dass sie nicht auf den Boden fallen. Wenn meine Großmutter uns besucht und meine Mutter dann weg fährt, nimmt sie sie mit. Ich habe auch eine Karte an Elsbeth geschrieben, auf der steht: »In meiner neuen Klasse gibt es keine Elsbeth.«

Großmutter und Tante Dora wohnen nicht mehr mit uns zusammen, seit wir aus dem Dorf mit den Mäusen und Elsbeths Vater weggezogen und hierher zu Frau Blanka gekommen sind. Tante Dora ist jetzt ich-weiß-nicht-wo und muss weiter lernen, wie man Lehrerin wird. Und Großmutter ist zu Großvater und den Bomben zurückgekehrt. Vielleicht ist es ihr bei uns zu eng, weil nur zwei Betten in dem Zimmer stehen, in denen ich mit Sonja in dem einen schlafe und Mutter und Bärbel in dem anderen. In Berlin gibt es viel mehr Betten und vielleicht möchte sie nach dem kleinen Zimmer mit den Mäusen mal wieder in ihrem eigenen Bett schlafen. Ich freue mich immer, wenn meine Großmutter uns besuchen kommt. Dann schauen Sonja, Bärbel und ich in ihrer Tasche nach, weil wir wissen, dass sie uns etwas mitbringt. Sie schläft dann solange mit Bärbel in einem Bett, bis meine Mutter von ihrer Reise zurückkommt.

Wenn sie dann wieder da ist und uns anschaut, sehen ihre blauen Augen aus wie die Stiefmütterchen auf dem Friedhof.

WEIHNACHTSPLÄTZCHEN

An den Fenstern wachsen die Eisblumen jetzt schon zum zweiten Mal, seit ich in die Schule gehe. Der Schnee knirscht unter unseren Füßen, wenn wir morgens zur Schule laufen. Es ist kalt beim Fahnenappell auf dem Schulhof, aber wir dürfen nicht in die Hände hauchen, wir müssen den rechten Arm anheben und ausstrecken. Am Nachmittag rodeln wir die Hänge hinunter, da wird uns warm. Oder wir befestigen die Schlittschuhe an unseren Halbschuhen und lachen, wenn wir auf dem fest gefrorenen Teich immerfort umknicken.

Mutter sagt: »Seid nicht so wild!« und zeigt auf eine lange Narbe an meinem Schienbein. Aber es liegt ja nicht überall unter dem Schnee Stacheldraht, in den man hineinrodeln kann. Meine Mutter ist froh, wenn wir zuhause sind, draußen gibt es so viele Wiesen, die gar nicht aufhören und einen plötzlich verschlucken können. In dem Zimmer, in dem wir zu viert wohnen, ist alles überschaubar. Aber nicht alles kann man sehen. Man kann nicht sehen, dass wir Kinder ein Auge auf die Truhe im Flur geworfen haben, in der unsere Mutter die Weihnachtskekse versteckt hat. Wenn man zur Tür hinausgeht, kommt man an ihr vorbei, sie ist nicht verschlossen, der Deckel geht ganz leicht auf, man muss nur leise mit der Hand hineingleiten, einen Keks ertasten, während die Augen nach rechts und links Schmiere stehen, und dann den Deckel vorsichtig und lautlos wieder schließen. Ich weiß nicht, dass Sonja und Bärbel dasselbe tun wie ich. Ich erfahre es aber ein paar Tage vor Weihnachten, als wir mit hängenden Köpfen vor unserer wütenden Mutter stehen und unser Leugnen ihren Zorn nur immer größer werden lässt. Wenn meine Schwestern nicht den Deckel von der Truhe angehoben und immer wieder ein Plätzchen herausgefischt hätten, dann hätte sie es gar nicht gemerkt, dass was fehlt. Aber so sind wir jetzt alle dran. Wir haben das Weihnachtsfest verdorben, es gibt nun keine Kekse mehr. Aber es ändert ja nichts, wir hätten sie sowieso gegessen.

Unsere Mutter ist so mitgenommen von unserem Verbrechen, dass sie vergisst, uns zu ohrfeigen. Drei Kinder zu schlagen ist schwieriger als eines. Bei wem soll man anfangen, bei wem aufhören? Jetzt bin ich doch froh, dass ich zwei Schwestern habe. Ich wäre auf jeden Fall nicht die erste, wenn es nach der Reihe geht. Ich bin immer die zweite, von welcher Seite sie auch anfangen würde, bei der Älteren oder der Jüngeren, bei mir würde sie schon ein bisschen schwächer sein und der Mut sie ein wenig verlassen haben. Ich weiß, sie hält das sowieso nicht durch, es fühlt sich für sie so an, als schlüge sie sich selbst. Frau Blanka tröstet sie, backt einen Kuchen und rettet Weihnachten.

Meine Mutter hat uns ein Märchen geschrieben, das handelt von einem bösen Zauberer, der einen lieben Vater in ein großes Haus gesperrt hat und gefangen hält. Aber seine drei Kinder befreien ihn, ihre Liebe lässt die Mauern einstürzen und sie führen ihn nach Hause zu ihrer Mutter zurück. Ich habe das Gefühl, dass wir gemeint sind, denn wir bekommen zu Weihnachten ein Päckchen von unserem Vater, in dem aus Brot geformte kleine bestickte Pantoffeln liegen, die wir als Broschen an unsere Jacken heften können. Ich finde sie ganz süß.

Manchmal lege ich jetzt meinen Teddy hinter die Tür, denke ganz fest an ihn und warte, dass die Tür sich öffnet. Damit kann man ja schon mal anfangen. Ich übe das heimlich, denn Sonja würde mir einen Vogel zeigen und Bärbel kann es sowieso noch nicht begreifen. Ich bin ja nicht blöd, ich weiß auch, dass Märchen Märchen sind. Als es nach dem zehnten Mal nicht klappt, dass die Tür sich öffnet und mein Vater hereinkommt, werde ich dann aber doch wütend und schneide dem Teddy die Ohren ab. Seitdem sieht er ganz merkwürdig aus und ich bin schuld und traurig. Aber ich habe ihn jetzt noch lieber. Er kann ja nichts dafür, dass die Türen nicht aufgehen und die Wände nicht zusammenfallen.

KÖNIGSKUCHEN

In der Schule lernen wir Zahlen und Frau Blanka sagt, dass man sich manche Dinge an den zehn Fingern ausrechnen kann. Zum Beispiel, dass der Krieg jünger ist als ich, nämlich fünf Jahre und vier Monate, und dass er auch nicht viel älter werden wird. Aber Frau Ohlmann, mit der sich meine Mutter ein bisschen angefreundet hat, weil sie wie wir aus der Stadt evakuiert worden ist, hat eine ganz andere Meinung. Die Leute schauen hinter ihr her und tuscheln, wenn sie mit Handschuhen und Hut durchs Dorf spaziert, als sei sie eine Königin und als müsste man ihr die Hand küssen, weil sie ›arisch‹ ist. Das ist ein Wort, das ich neu gelernt habe, genau wie ›evakuieren‹. Frau Ohlmann ist mit ihren beiden Jungs, die ich meistens nicht leiden kann, aus dem Ruhrgebiet gekommen und hat meiner Mutter erzählt, dass dort die Wäsche schwarz vom Kohlenruß wird. Von den Leuten hier sagt sie: »Das sind doch alles nur Polacken.« Wenn meine Mutter fragt: »Sie sind also sicher, dass die deutschen Truppen siegen werden?« und das so sagt, als wolle sie selbst gleich mit ›Nein‹ antworten, dann nickt sie. Wir treffen sie und Jörg und Heinz, mit denen wir auf der Straße spielen, jeden Tag in dem Gasthaus, wo wir Mittagessen auf Marken bekommen.

Bald werde ich etwas viel Feineres essen, ich bin nämlich auf einen Stuhl gestiegen, weil ich wissen wollte, wie es sich anfühlt, wenn ich größer bin. Und weil ich nun schon mal auf dem Stuhl stand, habe ich gedacht, dann kann ich doch auch auf den Schrank schauen, wo meine Mutter immer alles versteckt, was wir nicht sehen sollen. Und da habe ich ihn gesehen, meinen Lieblingskuchen, und gewusst, dass sie meinen Geburtstag nicht vergessen hat. Dann werde ich endlich acht Jahre alt sein.

Es ist kalt draußen, es ist Januar. Wenn wir zur Tür hereinkommen, dreht meine Mutter das Radio ab. Aber morgen wird sie nicht immerzu Radio hören, sondern die Kastenform vom Schrank holen und sagen: »Der Königskuchen ist für dich.« Ich werde dann so tun, als sähe ich ihn zum ersten Mal und überlegen, wie viel ich Sonja und Bärbel, Frau Blanka und ihr abgeben werde. Sagen wir mal: die Hälfte. Ich werde ausprobieren, ob mein Frühstücksbrot in das kleine Täschchen mit dem langen Band zum Umhängen, das ich auch auf dem Schrank gesehen habe, passt. Aber noch ist es weit bis morgen.

Vorher muss ich noch einen langen Tag warten, an dem viel passieren kann. Und beim Mittagessen passiert dann mit einem Mal auch ganz viel. Der Bürgermeister kommt herein und ruft, wir sollten sofort den Ort verlassen, die Russen seien bald hier und deshalb müsse die Brücke über dem Fluss, die zum Bahnhof führt, gesprengt werden.

»Beeilt euch«, ruft er, »heute Abend fährt der letzte Zug nach Berlin.«

Wir lassen die schöne Suppe mit den Nudeln drin, die ich so gern esse, stehen und laufen den Weg so schnell zurück, dass Bärbel kaum mitkommt. Unterwegs treffen wir Frau Ohlmann.

»Ihr müsst noch heute nach Berlin fahren, die Brücke wird gesprengt«, sagt meine Mutter hastig.

»Ich bleibe«, sagt Frau Ohlmann und zieht die Augenbrauen hoch, »ich glaube an unseren Sieg.«

Da lässt meine Mutter sie mit ihrem Hut und ihren Handschuhen einfach stehen.

»Packt eure Sachen in den Schulranzen!«, ruft sie.

Bärbel steht im Zimmer und weint.

»Sei still!«

Meine Mutter hat jetzt keine Zeit, sie muss die Koffer packen. Frau Blanka kommt herein und tröstet Bärbel. Sonja und ich machen uns an die Arbeit. Zuerst kommt mein Teddy in den Ranzen, dann die Puppe mit den echten Haaren, die Buntstifte, das Seil und der Kreisel, der Kasten mit Halma und Mensch-ärgere-dich-nicht.

»Was tust du da?«

Meine Mutter reißt mir den Ranzen aus der Hand und schüttet alles auf den Boden. Dann stopft sie Wäsche und Kleider hinein, die dort gar nicht hingehören. Ich protestiere und schreie, aber meine Puppe und mein Teddy dürfen nicht in den Ranzen zurück. Mutter ist in einem richtigen Kleiderrausch und zieht uns so viele Blusen, Röcke und Pullover übereinander, dass unsere Arme abstehen und wir kaum noch in den Mantel hineinkommen. Aber ihre eigene schöne Seidenbluse mit dem kleinen Stehkragen, in der sie aussieht wie eine Königin, lässt sie auf der Erde liegen. Sie umarmt Frau Blanka, sagt: »Vielen Dank für alles!« und zerrt uns auf die Straße hinaus. Aber wir haben ja den Königskuchen auf dem Schrank vergessen, wir müssen unbedingt noch mal zurück.

»Nein«, sagt meine Mutter, »das geht nicht, sonst verpassen wir den letzten Zug.«

Während sie mich mit sich zieht, schaue ich zurück und sehe Frau Blanka mit einem Taschentuch vor den Augen. Dort hinten, wo sie immer kleiner wird, liegen mein verlassener großer weißer Teddybär ohne Ohren und meine Puppe mit den echten Haaren, dort warten Königskuchen und Täschchen auf meinen Geburtstag. Jetzt habe ich meinen Geburtstag mitgenommen und sie haben nun niemanden mehr, dem sie gehören.

GEBURTSTAG

Es ist dunkel, nur wenige Lampen leuchten am Bahnhof. Wir hocken auf unseren Koffern und warten. Meine Mutter sagt: »Sitzt still!«, aber wir haben uns gar nicht gerührt, Sonja, Bärbel und ich. Wir drücken uns aneinander, damit wir alle Platz haben und keiner verloren geht. Jetzt sind wir schon so lange unterwegs. Erst sind wir mit dem Zug nach Schneidemühl, dann nach Posen gefahren und nun sitzen wir fest.

Auf dem Bahnhof sind viele Menschen, große und kleine. Hanna aus meiner Klasse ist auch da, sie steht mit ihrer Mutter an der Bahnsteigkante und sieht die Gleise entlang dorthin, wo nichts ist und von wo nichts kommt. Andere laufen auf und ab, springen hoch und schlagen die Arme um ihren Körper, als wollten sie sich umarmen, bis es weh tut. Die vielen Kleider, die wir anhaben, machen, dass wir an Schulter, Rücken, Bauch und Beinen nicht frieren, aber die Hände und Füße sind Eisblöcke. Mutter nimmt Bärbels Hände und reibt sie. Wenn ich durch die Nase atme, kommt kalte Luft in mich hinein, wenn ich durch den Mund ausatme, gibt es eine Dampfwolke. Ich weiß nicht, warum man den Atem sehen kann, aber die Lehrerin kann ich nicht mehr fragen und meine Mutter sagt: »Ich habe andere Probleme.« Vielleicht weiß sie es ja auch nicht und versteckt sich nur hinter einem solchen Satz. Was werden sie in der Schule von uns denken, wenn wir morgen nicht auf unseren Plätzen sitzen?

Ein Mann in einer Uniform wird von vielen Leuten umringt, die laut auf ihn einreden.

»Wo bleibt der Zug, warum fährt kein Zug?«

Der Mann hebt die Arme, als wolle er sich gegen die lauten Stimmen wehren. Meine Mutter will auch zu ihm hinlaufen, aber traut sich dann doch nicht, von uns wegzugehen. Vielleicht fürchtet sie, dass wir etwas anstellen. Aber daran denken wir jetzt gar nicht. Sonja gibt kein Zeichen und ich auch nicht und Bärbel macht ja sowieso nur mit, wenn wir anfangen.

Das Wort ›Güterzug‹ fliegt durch die Luft von Mund zu Mund, bis es auch bei uns ankommt. Der Bahnsteig ist voller Frauen, Koffern, Kindern und Rucksäcken. Ich bekomme Angst, dass wir nicht wegkommen, wenn sie auch alle mitwollen. Wenn wir schon so lange warten, könnten wir auch spielen, aber zwischen den Erwachsenen ist zu wenig Platz. Die anderen Kinder hocken wie wir auf den Koffern. Sie sehen aus wie Krähen.

Als endlich ein langer Zug ohne Fenster ankommt, zeigt die große Bahnhofsuhr sieben Minuten vor elf. Die Uhr kann ich schon so lange lesen, dass ich vergessen habe seit wann. Wir stehen eingekeilt zwischen Koffern und Menschen. Aber dann wird eine Tür geöffnet und meine Mutter schiebt uns vor sich her auf das große Loch zu, in das die Leute vor uns kriechen. Ich habe Angst, dass ich verschluckt werde, aber dann bin ich mit einem Mal drin und Bärbel und Sonja und Mutter sind nicht verloren gegangen.

»Setzt euch auf den Boden«, sagt Mutter, »ich bleibe stehen.«

Dann wird die Waggontür zugeschoben und nun ist es ganz dunkel. Bärbel fängt an zu weinen, aber als sie merkt, dass wir neben ihr sind, beruhigt sie sich. Als der Zug anfährt, weiß Mutter nicht, wo sie sich festhalten soll und fällt gegen die anderen, die auch stehen. Sie findet es nun doch besser, auf dem Boden zu sitzen und viele andere finden das auch. Sie sind jetzt kleiner, ihre Körper schließen sich nicht mehr über unseren Köpfen zusammen wie der Wald bei Hänsel und Gretel, und ich habe jetzt etwas weniger Angst, dass sie uns erdrücken. Sonja und ich flüstern miteinander, wir streiten auch ein bisschen, weil es so eng ist.

»Psst«, sagt Mutter.

Auch die anderen flüstern. Ist es die Dunkelheit, die alles leiser macht? Es ist ein Gesumme und Gemurmel wie von Tieren, die in der Nacht lebendig werden. Auch der Boden ist wie ein Tier, das mit uns auf dem Rücken über Stock und Stein läuft und merkwürdige Geräusche von sich gibt. Ich höre ihnen zu, bis sie mich in den Schlaf tragen.

Nachts wache ich immer wieder auf, wenn der Zug plötzlich bremst, hält und anfährt. Ich spüre den harten Boden und die weichen Arme und Beine von Sonja und Bärbel. Ich höre die Erwachsenen flüstern. Sie schlafen nicht, sie passen auf uns auf und ich kann wieder einschlafen. Einmal bleibt der Zug länger stehen und die Waggontür wird von außen geöffnet. Draußen ist es noch dunkel. Ein paar Frauen mit ihren Kindern und Koffern kriechen aus dem Zug und wir können die Beine ausstrecken.

»Wir sind in Frankfurt an der Oder«, sagt Mutter, aber ich kenne den Ort nicht.

»Wie lange dauert es noch?«, fragt Sonja und hat vergessen, dass Mutter diese Frage nicht leiden kann.

»Es ist nicht mehr weit, das meiste haben wir hinter uns.«

»Hat einer eine Uhr, wie spät ist es denn?«, höre ich eine Stimme hinter mir rufen.

»Kurz nach sechs«, antwortet eine andere.

»Ihr könnt noch ein bisschen schlafen.«

Kaum hat das Mutter gesagt, bin ich auch schon weg.

Ich wache auf, als Licht durch die offene Waggontür fällt und die Menschen auf den Bahnsteig hinausstolpern. Mutter rüttelt Sonja an der Schulter: »Wach auf, wir sind da!« und nimmt Bärbel an die Hand, die die ganze Fahrt durchgeschlafen hat.

Sonja und ich ziehen den Koffer auf die Öffnung zu. Mutter ist als erste auf dem Bahnsteig und hebt erst Bärbel und dann mich aus dem Wagen. Sonja reicht ihr den Koffer und springt aus dem Zug.

»Wo sind wir?«

»In Berlin«, sagt meine Mutter, stellt sich auf die Zehenspitzen und versucht über die vielen Menschen hinwegzuschauen. Dann winkt sie und ruft und sagt, wir sollen auch winken. Als Großmutter vor uns steht, ist es so, als müsste das so sein. Sie spricht ein langes Wort aus, das ich schon schreiben kann: ›Telegramm‹.

Großmutter ist immer da, wenn wir sie brauchen. Ich bin sicher, dass sie hier ist, weil ich heute Geburtstag habe.

»Was schenkst du mir?« frage ich, nachdem sie uns alle umarmt und gedrückt hat.

Großmutter schaut mich an, als wäre ich ein Kind, das sie noch nie gesehen hat.

»Meine Güte, du hast ja heute Geburtstag«, sagt sie dann. Das ist das erste Mal, dass sie das nicht gleich am frühen Morgen gewusst hat.

Als wir aus der Straßenbahn aussteigen, renne ich mit meinem Ranzen, der auf dem Rücken auf und ab hüpft wie jemand, der sich nicht richtig festhält, auf das Haus zu, in dem die Großeltern wohnen, laufe die Treppen hoch, klingele und bringe Großvater die gute Nachricht, dass ich heute Geburtstag habe. Aber im Wohnzimmer ist kein Gabentisch aufgebaut. Mir kommt mein Geburtstag mit einem Mal ganz leer vor. Aber ich bin schon groß, ich weine nicht.

»Komm mal mit«, sagt Großmutter. Sie nimmt mich an der Hand und steigt vier Stockwerke bis zum Dachboden hinauf. Dort wischt sie den Staub von einem Kinderstuhl, bis er ganz blau ist und sagt feierlich: »Das ist mein Geschenk für dich.«

Sie hat doch daran gedacht. Mein Geburtstag ist unterwegs nicht verloren gegangen und unter die vielen Menschen gefallen, die sich im Zug an uns gepresst hatten und nun über viele Straßen verstreut sind. Der Stuhl steht ruhig da und sieht aus, als hätte er schon lange auf mich gewartet.

UNSERE STRASSE

Nun sind wir wieder in der Stadt und wohnen bei meiner Großmutter. In unsere eigene Wohnung können wir nicht zurück. Eine Bombe hat das Haus getroffen. Wir haben keinen Tisch mehr, an dem wir essen können, keinen Stuhl mehr, auf dem wir sitzen können und kein Bett mehr, in dem wir schlafen können. Aber das macht nichts. Großmutter und Großvater haben Platz für uns alle. Wir dürfen sogar in ihren Ehebetten schlafen. Draußen ist es kalt, aber im Bett ist es warm, wenn wir so nahe beieinander liegen. Ich möchte immer am liebsten unter die Decke kriechen, wenn die Sirenen heulen, und Bärbel auch, aber das dürfen wir nicht, dafür ist keine Zeit, wir müssen uns beeilen, um in den Bunker zu kommen. Die Leute, die über uns wohnen, empfangen einen Nachrichtensender, der schneller als die Sirenen Bescheid gibt, wann die Flieger mit den Bomben kommen. Wenn sie mit dem Besenstiel auf den Fußboden klopfen, dann hören wir das Geräusch bei uns oben an der Decke und wissen, dass es wieder losgeht. Wenn sie am Tag klopfen, müssen wir uns beeilen, weil die Amerikaner mit den Sprengbomben kommen. Wir müssen dann zum Bunker im Friedrichshain laufen, der sicherer, aber weiter weg ist als der Brauereikeller, in den wir nachts gehen, wenn die Engländer Brandbomben abwerfen. Nachts liegen wir immer schon angezogen im Bett, aber es fällt uns trotzdem schwer aufzuwachen und im Dunkeln auf die Straße zu gehen. Manchmal sind die Bomben schneller als die Nachrichten und die Sirenen und dann gehen wir in den Keller unten bei uns im Haus und treffen dort die anderen Leute, die sagen: »Hoffentlich werden wir nicht verschüttet.«

Die Erwachsenen wissen mehr als ich, aber ich weiß auch mehr als sie. Ich weiß, dass es nicht nur diesen einen Keller gibt, in dem wir uns zusammendrängen, die Leute über uns und unter uns, die aus dem Seitenflügel und Hinterhof, die es auch nicht mehr geschafft haben, in den Brauereikeller zu laufen, wo die Wände viel höher sind und alle mehr Platz haben. Unter den großen Häusern sind so viele Keller, dass man Versteck spielen und wie in einem Tunnel bis zur nächsten Straße laufen kann, wo die Kinder wohnen, die wir hassen. Wir wollen auch Feinde haben, da sind wir uns alle einig, wir aus der Rollerstraße und die Feinde aus der Nachbarstraße. Darum reißen wir Äste von den Bäumen an der Friedhofsmauer gegenüber und gehen aufeinander los. Die Ruten zecken an Armen und Beinen und damit es nicht so weh tut, muss man aufpassen, dass man nicht so viel zurück kriegt. Ich glaube, das finden die anderen auch und darum tut es doch ziemlich weh, wenn man getroffen wird. Bärbel heult, aber sie will ja unbedingt mitmachen, obwohl sie noch gar kein Schulkind ist. Aber es ist sowieso gar keine Schule mehr. Mutter will nicht, dass wir soviel auf der Straße spielen, wir sollen in ihrer Nähe bleiben. Aber wir sind ja ganz nah, wir hauen uns nur mit den Kindern aus der Nachbarstraße. Bis die Erwachsenen es merken.

»Das fehlt noch, dass auch die Kinder Krieg führen!«, schimpfen sie.

Aber was sollen wir den ganzen Tag in der Wohnung tun, immer nur von einem Bunker in den anderen, das ist doch öde. Aber vor dem Haus dürfen wir jetzt spielen, solange uns Großmutter vom Balkon aus sieht. Frau Esslinger, die im Parterre ein Uhrmachergeschäft hat, schenkt uns ein Paar Rollschuhe. Sie gehörten ihrem Sohn, bevor er in den Krieg musste, obwohl er noch ganz jung war.

»Er braucht sie nicht mehr«, sagt sie traurig.

Wir binden die Rollschuhe zusammen und legen ein Kissen darauf. Immer nur einer kann darauf sitzen, muss die Beine hochhalten und sich zurücklehnen und dann geht es die abschüssige Straße hinunter. Die anderen laufen nebenher und kreischen, wenn es so holperig wird, dass man kippelt und fast umfällt. Aber wir kriegen das hin, wir wackeln mit den Armen und Beinen. Wenn wir unten angekommen sind, ziehen wir die Rollschuhe wieder hoch, legen das Kissen zurecht und rollen hinunter. Immer wieder. Jetzt bin ich dran, dann du und dann du und dann wieder ich. Wir halten zusammen, wir sind aus einer Straße.

DER BLAUE STUHL

Jeden Abend trage ich meinen blauen Kinderstuhl in den Brauereikeller und wieder zurück in die Wohnung. Er ist aus Holz und ich sitze solange auf ihm, bis die Sirenen uns zurufen: »Geht nach Hause!« Dann stehe ich auf, hänge ihn mir über einen Arm und suche Großmutters Hand. Meine beiden Schwestern werden von unserer Mutter zum Ausgang gezogen. Ich bin von dunklen Mänteln umschlossen und habe Angst, dass mich keiner sieht. Aber ich halte mich an Großmutters Gesicht, das über mir schwebt. Draußen ist der Himmel rot und es riecht nach Rauch. Trotzdem ist es kalt. Warum ist es nur so kalt bei so viel Feuer?

Großmutters Schritt ist ganz ungleichmäßig. Anfangs rennt sie fast, so dass ich kaum mitkomme, aber sobald wir uns der Ecke nähern, um die wir zu unserer Straße biegen müssen, wird sie immer langsamer und bleibt fast stehen. Ich ziehe sie dann, ich will ins Bett, ich bin müde. Aber ich habe schon verstanden. Sie hat Angst, dass das Rot und der Rauch auch in unserer Straße sind und dass es kein Bett für niemanden mehr gibt. Zu wem sollen wir dann gehen, wo sollen wir schlafen? Vielleicht können wir zu Großmutters Freundin Hilde Granzow ziehen, sie wohnt ein paar Straßen weiter und kommt zu uns, damit wir nicht aufhören lesen und schreiben zu lernen.

In unserer Straße gibt es eine Schule, aber die ist geschlossen. Ich weiß noch nicht, wie ich das finde. Wenn man wie meine Mutter für den Aufsatz ›Mein Schulweg‹ eine fünf bekommt, dann bin ich froh, dass es keine richtigen Lehrer mehr gibt, sondern nur noch Tante Granzow. Auch wenn sie sagt, dass man das nicht machen kann, über den Schulweg einfach zu schreiben: »Raus aus dem Haus, rum um die Ecke, rin in die Schule, aus.« Da sei eine fünf schon die richtige Note. Aber ich könnte das doch auch schreiben, wenn das Thema ›Der Bunker‹ hieße. Das ginge dann so: »Raus aus dem Haus, rum um die Ecke, rin in den Bunker, aus.« Und genauso ist es auch jetzt, nur umgekehrt: »Raus aus dem Bunker, rum um die Ecke ...«, aber geht der Satz überhaupt weiter oder ist das Haus weg? Nein, es ist nicht weg, der Satz geht weiter, das Haus steht und meine Mutter sagt: »Ein Wunder.« Und Großmutter: »Wir haben noch mal Glück gehabt.«

Das sagen sie jede Nacht und ich weiß dann, dass die Betten vom Luftdruck voller Scherben sein werden und dass es dauern wird, bis wir alle aufgelesen und weggeworfen und eine Decke vors Fenster gehängt haben, um dann endlich ins Bett kriechen, uns aneinander wärmen und einschlafen zu können. Wenn wir um die Ecke gebogen sind, reiße ich mich von Großmutters Hand los, nehme den blauen Stuhl vor die Brust, laufe die Straße hinunter und setze ihn vor der Haustür ab. Wir beiden sind die ersten und solange er da ist, gibt es einen Platz, an dem ich mich ausruhen und warten kann.

DER DOKTOR

Es ist morgens früher hell und abends später dunkel. Dadurch gibt es weniger Stromsperren und wir sitzen nicht mehr so viel im Dunkeln. Am 1. April haben wir uns Aprilscherze ausgedacht und die Erwachsenen reingelegt. Sie haben geglaubt, dass unter dem Bett eine Maus ist, dass sie auf dem Rücken einen Farbfleck haben und dass es draußen schneit. Wir haben »April! April!« gerufen und uns mächtig gefreut, dass sie reingefallen sind.

Wir müssen nicht mehr in den Bunker und in den Brauereikeller laufen, aber dafür sind wir jetzt öfter in dem Keller unter unserem Haus und dürfen nicht auf die Straße hinaus. Immerzu ballert es draußen.

»Die Russen beschießen Berlin«, erklärt uns Tante Dora. Sie ist wieder da, weil auch ihre Schule geschlossen worden ist. Sie erzählt von den vielen Menschen, die sie auf der Flucht vor der Roten Armee gesehen hat. »Wir haben es gut«, sagt sie, »wir haben ein Dach über dem Kopf.«

Manchmal, wenn die Schießerei zu arg ist und wir es nicht mehr in den Keller schaffen, springen wir in Großmutters großen Kleiderschrank. Über unseren Köpfen klappern dann die Kleiderbügel.

»Es ist nur noch eine Frage von Tagen«, sagt Großvater, »bis Schluss ist mit dem Krieg.«

An einem Morgen sind sie dann plötzlich in unserer Straße, die Panzer und die Russen. Wir können sie vom Fenster aus beobachten. Die Panzer sehen aus wie riesige Schlammtiere mit einem Rüssel und die Russen haben dieselbe Farbe wie die Panzer, aus denen sie heraus schauen wie aus einem riesigen Schneckenhaus. Vielleicht sind die Russen ja auch so eine Art Tier, denn Großmutter sagt, Tante Dora und Mutter sollen nicht auf die Straße gehen, sonst würden die Russen wie Tiere über sie herfallen. Es reiche, dass sie Mutter neulich den Ehering abgenommen haben. Aber als sie dann einfach so bei uns einziehen, weil sie – wie Großmutter sagt – gesiegt haben, sind es doch richtige Menschen, obwohl Großmutter sagt: »Was sind das für Leute, die mit Stiefeln auf dem Sofa liegen und zum Wasserhahn sagen: ›Wasser aus Wand‹?«

Wir Kinder dürfen wieder runter auf die Straße, denn Mutter sagt: »Die Russen sind kinderlieb, da brauchen wir keine Angst zu haben.«

Wir staunen die großen Panzerbäuche an und spielen zwischen ihnen Versteck, bis uns die Russen wegscheuchen und uns: »Job twoju mat!« hinterher rufen. Ich weiß nicht, was sie meinen, aber am Tonfall merkt man, dass sie sich ärgern. Aber ein Russe streicht mir über das Haar und drückt mir etwas in die Hand. Ich mache eine Faust, laufe hinauf in unsere Wohnung und als alle um mich herumstehen, öffne ich die Hand. Da liegen zwei goldene Ohrringe mit einem Stein, der wie ein Vergissmeinnicht aussieht. Ich bin eine Prinzessin, aber ich habe keine Ohrlöcher und so kommen sie in Mutters Schmuckkästchen und sollen dort auf mich warten. Vielleicht verstehe ich später ja auch, was die Russen hinter uns her gerufen haben.

Unser liebster Russe ist der Doktor. Er sagt zu uns: »Nur aufmachen, wenn ich klopfe und sage: ›Doktor‹.« Er hat das eine große Zimmer, das zur Straße führt, für sich allein und die anderen Russen wohnen in dem Zimmer daneben. Die beiden Zimmer, in denen wir jetzt zusammen rücken, schließen wir immer ab, damit die Russen nicht zu Mutter und Tante Dora können. Seit Tante Dora wieder da ist, schläft sie bei uns auf einer Matratze, die Großmutter vom Dachboden geholt hat. Die Russen bringen Großmutter Nudeln und Kartoffeln und sie kocht ihnen jeden Tag einen riesigen Topf Suppe, so dass es gar nicht auffällt, wenn wir auch etwas abkriegen. Die Suppe trägt sie in das vordere Zimmer zu den Russen und sagt dann, sie sollten die Stiefel ausziehen, auf die Erde stellen und sich an den Tisch setzen. Und wenn Großmutter was sagt, dann wird es auch gemacht. Zum Doktor sagt sie nichts. Tante Dora findet, er ist anders, er sagt »bitte« und »danke«, kennt sich mit Krankheiten aus und nimmt uns auf den Schoß. Weil er so nett ist, zeige ich ihm das Hitlerbild in meinem Schulbuch aus der ersten Klasse. Aber da hackt er mit einem Bleistift so lange darauf herum, bis es voller kleiner Löcher ist und man das Gesicht nicht mehr erkennen kann. Jetzt hat er mein Schulbuch kaputt gemacht. Kein Wunder, dass Mutter ganz blass geworden ist.

Zum Glück ist keine Schule, wie sollte ich das sonst der Lehrerin erklären?

LÄUSE

Mein ganzer Kopf juckt, aber auch Sonja und Bärbel jammern, weil sie mit dem Kratzen gar nicht aufhören können. Tante Dora sagt: »Nehmt eure Hände weg, ich werde die Biester schon kriegen«, und dann durchsucht sie unsere Haare nach Läusen und Nissen. Ab und zu knackt etwas zwischen ihren Fingernägeln und dann weiß ich: Jetzt hat sie wieder so ein Biest erwischt.

Alle Kinder haben Läuse, aber nur wir haben solche hässlichen braunen Mützen, die Großmutter uns genäht hat und die wir auch nachts anziehen müssen, damit wir nicht kratzen und die Läuse nicht weglaufen können, wenn sie Essig auf unsere Haare geschüttet hat. Wenn das schon so auf unserer Kopfhaut brennt, wie wird es ihnen dann erst ergehen, wenn sie ganz und gar in Essig getunkt sind? Aber ich habe kein bisschen Mitleid. Ich habe ihnen nicht erlaubt, auf meinen Kopf zu krabbeln, dort mit ihren Verwandten zu wohnen und mich zu beißen. Ich habe einen richtigen Hass auf sie und freue mich, wenn sie im Essig ertrinken oder Tante

Dora sie zwischen ihren Fingernägeln zerquetscht. Aber immer bleiben welche übrig und machen weiter, als sei nichts gewesen, als gebe es keinen Essig, keine Fingernägel und keinen Läusekamm.

Als wir noch bei Frau Blanka waren, hing ein Siebenstriemen an der Wand in unserem Zimmer. Meine Mutter hat gedroht, dass sie uns damit schlägt, wenn wir uns weiter so streiten, aber sie hat ihn nie benutzt. Wir haben dann nämlich immer schnell aufgehört, uns an den Haaren zu ziehen. Aber den Läusen macht es nichts aus, wenn man ihnen die Essigflasche zeigt, manchen macht nicht einmal der Essig was aus und der Läusekamm schon gar nicht. Ich habe manchmal vor dem Siebenstriemen gestanden und mir gewünscht, dass meine Mutter uns nicht solche Sachen sagt, bloß weil wir uns zanken. Ich hätte ihn gern versteckt oder vergraben, aber ich habe mich nicht getraut. Er ist mit meinem Teddy, meiner Puppe und der Seidenbluse meiner Mutter hinter dem Fluss geblieben, aber hoffentlich hat ihn niemand gefunden, der seine Kinder wirklich damit schlägt. Aber die Läuse hätten es wirklich verdient, sie beißen einen in den Kopf. So etwas haben wir nie gemacht, das bisschen Haarausreißen, Boxen und Pieksen in die Haut rechnet doch gar nicht. Und außerdem hat man es auch immer zurückgekriegt. Aber wie soll man es den Läusen zurückgeben? Klein wie sie sind, kapieren die doch gar nichts und brauchen sich nicht zu wundern, wenn sie dann plötzlich tot sind.

MANN AN DER TÜR

Es klingelt. Leise. Aber ich höre es und laufe den langen Flur entlang zur Tür. Ich bin schneller als alle anderen, als meine Schwestern, als Mutter, Großmutter, Großvater und Tante Dora. Niemand kommt, niemand hat etwas gehört, nur ich, und ich laufe und laufe im Nachthemd und barfuß den kratzenden roten Teppich entlang auf die Tür zu. Ich soll nicht zur Tür gehen, es könnten Fremde sein, Russen, aber die sind längst weg. Aber vielleicht ist der Doktor zurückgekommen, weil er uns so gern hat.

Auf Zehenspitzen ein Blick durch das kleine Guckloch in der Tür. Nein, es ist nicht der Doktor, es ist ein anderer Mann. Er sieht schmutzig aus, er hat einen Stoppelbart, seine Kleider sind zu groß. Ist es ein Russe? Einer von denen, die Mutter auf der Straße den Ehering abgenommen haben? Die mir vom Panzer herunter kleine blaue Ohrringe geschenkt haben, die »Job twoju mat!« gerufen haben?

»Komm, mach auf, ich bin es«, sagt jemand hinter der Tür auf Deutsch.

Man kann die Tür einen Spalt breit öffnen, die Kette rastet ein. Der Mann beugt sich herunter.

»Wer bist du?«, frage ich.

»Erkennst du mich denn nicht? Dein Vater.«

Das soll mein Vater sein, dieser dürre, schmutzige Mann? Das soll mein lustiger Vater sein? Mein Spielvater? »Er hat dich auf dem Arm herumgetragen, wenn du geweint hast«, sagt Mutter immer, »aber nicht nur dich, auch deine Schwestern.«

»Vater kommt!«, hatte ich neulich gerufen, um einen Spaß zu machen. Und sie waren alle herbeigelaufen, Mutter, Großmutter, Großvater, Tante Dora, Bärbel und Sonja. Es sollte ein Spaß sein. Aber keiner verstand das, alle standen traurig an der Tür, durch die niemand kam. »Du bist ein Biest!«, haben sie geschimpft, »es ist überhaupt nicht lustig. Siehst du nicht, wie sehr Mama weint?« Sie sollte aber über meinen Scherz lachen.

Nein, ich mach nicht weiter auf, ich sage nichts. Er sieht aus wie ein falscher Vater. Ich kenne dich nicht, ich will dich nicht. Du sollst draußen bleiben, die Tür soll zu sein.

Nun ist es wieder still und das Gesicht ist weg. Schwarze Stiefel, schwarze Mäntel, Eisenbahnschienen, ein Bahnhof und seitdem sind wir allein. Aber wir sind vollständig. Mit Großmutter, Großvater, Mutter, Tante Dora, Bärbel, Sonja und mir sind wir genug, wir brauchen niemanden mehr.

Es klingelt. Noch einmal und noch einmal. Jetzt ganz lange. Großmutter kommt im Nachthemd den Flur entlang.

»Nicht aufmachen!« Ich schüttele den Kopf. »Es ist ein fremder Mann, nicht der Doktor.«

»Ach komm«, sagt Großmutter, »der Doktor ist doch schon lange zuhause in Russland.«

Sie öffnet die Tür einen Spalt breit, die Kette rastet ein.

»O Gott, du bist es!«

Die Tür wird weit aufgerissen, es kommt ganz kalt herein.

»Er ist es«, ruft sie, »kommt, er ist da!«

Da kommen sie herbeigelaufen, Mutter, Tante Dora, Großvater, Bärbel und Sonja.

»Er ist es, er ist wieder da!« Ein Rufen, Schreien, Lachen.

Ich stehe da und lasse die Arme hängen. Dieses Mal ist es kein Spaß.

ONKEL HANS

Mein Vater ist da und soll nun doch nicht mein Vater sein. Erst kamen zwei Polen, nahmen ihn mit und brachten ihn wieder, dann kamen zwei Russen, nahmen ihn mit und brachten ihn wieder und seitdem sagt meine Mutter zu uns: »Nennt euren Vater bitte Onkel Hans, damit die Leute ihn nicht andauernd anzeigen.« Auch Großvater haben sie abgeholt, ihn ›Nazi‹ genannt und mitgenommen, aber dann war er schnell wieder zuhause. Mein Vater heißt nicht Hans und Onkel Hans kann ich darum auch nicht aussprechen, lieber sage ich gar nichts oder ›Du da‹. Ich weiß, dass er einen Bruder hatte, der Hans hieß, aber der ist schon lange tot. Genauso wie seine Eltern, die gestorben sind, bevor ich geboren wurde. Jetzt hat er nur noch eine Schwester, meine Tante Else, aber die wohnt weit weg. Ich kann mich gar nicht mehr an sie erinnern.

Ich verstehe nicht, warum sie meinen Vater immer wieder holen, er hat uns doch gesagt, dass er von den Nazis in ein Gefängnis eingesperrt worden war. Das weiß ich, es stand ja auch in dem Märchen. Inzwischen weiß ich ganz genau, was ich mir vorher schon gedacht hatte: dass das nämlich in Dresden war.

Mein Vater redet nicht gern darüber, aber Tante Dora hat uns erzählt, dass Dresden im letzten Winter ganz schlimm bombardiert worden sei. Alles habe gebrannt, auch das Gefängnis, und in dem ganzen Durcheinander seien die Gefangenen frei gekommen und mein Vater habe sich zu uns nach Berlin durchgeschlagen. Wenn die Nazis ihn jetzt abholen wollten, könnte ich das verstehen, aber die sind ja alle verschwunden. Was wollen dann die Russen von ihm? Aber wenn man die Erwachsenen fragt, sagen sie einem ja sowieso nur halbe Sachen, ›wie‹ und ›warum‹ sind Wörter, die sie nicht kennen.

Draußen ist es richtig warm. Manchmal nimmt mich meine Mutter mit zu den Trümmern, wo sie in einer Reihe mit anderen Frauen steht und Steine weiter reicht. Die Frauen haben Schürzen an und tragen ein Kopftuch, das sie oben verknoten. Alle sehen irgendwie gleich aus und klopfen den Putz von den Steinen ab. Es gibt so viele Steine in den zusammengestürzten Häusern, dass es mir vorkommt, als müssten sie ein ganzes Leben lang Steine klopfen und würden doch nicht fertig damit. Ich bin gern bei den Frauen, da ist immer viel los, da wird geredet und gelacht und wir Kinder dürfen zwischen den Trümmern spielen. Abends liest uns Tante Dora Märchen vor. Wir müssen nicht mehr angezogen auf den Betten liegen und da lässt es sich viel besser zuhören.

Wir haben immer Hunger, aber wir werden nicht satt, weil es Brot nur auf Marken und weil es zu wenig Marken für unseren Hunger gibt. Großmutter sagt: »Wie dünn ihr alle seid«. Ich glaube, sie wundert sich, dass sie neben meiner Mutter immer noch rund aussieht. Ich möchte aber trotzdem nicht das Speckbrot von Elsbeths Vater wieder haben. Manchmal machen Sonja, Bärbel und ich einen Spaß. Dann stellen wir uns wie die Orgelpfeifen hintereinander auf, spazieren ins Zimmer zu meiner Mutter und singen: »Wir haben Hunger, Hunger, Hunger.« Erst lacht sie, dann seufzt sie und gibt uns ein Stück von ihrem eigenen Brot ab. Und wir kriegen ein schlechtes Gewissen.

Auf der Straße spielen wir ›Brausekotzen‹. Wir schütten Brausepulver in eine Flasche Wasser, schütteln sie, trinken sie schnell aus und sind dann ganz satt. Aber wir wissen: gleich wird es losgehen und wir müssen zur Friedhofsmauer auf der anderen Straßenseite laufen und an die Wand kotzen. Wer am längsten mit dem Sattsein aushält, hat gewonnen. Seit wir mit der Nachbarstraße ›Waffenstillstand‹ geschlossen haben, sind wir jetzt viel mehr Kinder als früher, die zusammen spielen.

Das Wort kommt in meine Sammlung langer Wörter. Es ist das bisher längste mit seinen sechzehn Buchstaben. Die Wörter über zehn Buchstaben schneide ich aus und lege sie in eine kleine Pappschachtel. ›Brombeeren‹ sind schon drin und ›Straßenbahn‹ und ›Königskuchen‹ und ›Brausekotzen‹, aber mit ›Waffenstillstand‹ und ›Vergissmeinnicht‹ können sie nicht mithalten.

Selbst wenn man ›Onkelhans‹ in einem Wort schreibt, sind es unter zehn Buchstaben, darum kommt das Wort auch nicht in mein Kästchen.

DAS ROTE BUCH

In dem Zimmer, in dem Großvater am Schreibtisch sitzt, steht ein Regal und in dem Regal steht ein Buch. Sonja hat es entdeckt. Sie ist schon elf und kann alle Sätze und Wörter rückwärts lesen oder von der Seite, wenn sie den Kopf auf die linke Schulter legt, auf den Buchrücken zeigt und mir vorliest: ›Die Frau als Hausärztin‹. Großvaters Zimmer heißt ›Herrenzimmer‹, obwohl außer ihm gar keine Herren drin sind. Herr Petzel von nebenan, Herr Jacob aus dem Parterre oder Herr Esslinger aus dem Hinterhaus kommen nie in das Zimmer, Großvater trifft sich lieber mit ihnen in der Eckkneipe. Man kann Dinge so umbenennen, dass man sie nur schwer wieder erkennen kann, besonders, wenn man sie ganz schnell spricht. Das machen Sonja und ich. Zu ›ich‹ sagen wir ›ichichlefich‹ und zu ›du‹ ›duulefu‹. Als Sonja mir ›Buchuchlefuch‹ zuflüstert, ist das ein Zeichen, dass sie mit mir in das Herrenzimmer schleichen, das Buch aus dem Regal holen und drin blättern will. Als wir das Buch aufschlagen, sehen wir ganz viele Bilder und Tafeln, die man aufklappen kann. Als wir Schritte hören, stellen wir es schnell wieder zurück, bevor jemand uns entdeckt. Irgendwie kommt uns das Buch verboten vor und weil man nicht sicher sein kann, dass Bärbel nicht doch zu Mutter rennt und ihr erzählt, dass da Männer und Frauen drin sind, wollen wir sie nicht dabei haben. Großmutter mag keine Bücher, vielleicht ist das Buch deshalb auch im Herrenzimmer. Sie lässt nur Schulbücher gelten und findet, dass andere Bücher einen von der Arbeit abhalten und nennt sie ›Teufelszeug‹, ein Wort, das wie aus dem Märchen klingt.

Tante Dora findet Großmutter altmodisch. Tante Dora liest viele Bücher und hat lange helle Haare, die wir zu Zöpfen flechten dürfen, wenn wir ›Frisör‹ spielen. Dann kämmen und kämmen wir das Haar und streichen über seine Wellen. Sonja und ich flechten auf jeder Seite, aber so sehr ich mich auch beeile, Sonja ist immer schneller als ich. Aber wenn ich größer bin, werde ich sie überholen und einszweidrei mit dem Flechten fertig sein. Tante Dora hat lange Strümpfe, die fühlen sich ganz glatt an ihren Beinen an und hängen an einem Hüfthalter. Der sieht ganz anders aus als das Leibchen, das wir im Winter anhaben und an denen die braunen Strümpfe dranhängen, die wir hassen. Bei Tante Dora ist alles tiefer gerutscht, weil oben ja schon ein Büstenhalter ist und wenn man an den was dranhängen wollte, dann müssten die Strumpfhalter schon so lang sein wie Großvaters Hosenträger. Und die würden dann nicht nur die Strümpfe halten, sondern auch den Busen runterziehen. Ich glaube nicht, dass Tante Dora das will, sie steckt ihre Brust immer raus, wenn sie sich vor dem Spiegel dreht, bis der Rock um ihre Knie wedelt.

Wir trauen uns nicht, Tante Dora das rote Buch zu zeigen, denn die nackte Frau, die man aufklappen kann, sieht aus wie sie, wenn sie sich abends auszieht, bevor sie ins Bett geht. Seit mein Vater wiedergekommen ist, schlafen die Eltern in dem Zimmer, in dem die Russen gewohnt hatten. Tante Dora ist bei uns geblieben und manchmal wache ich ein bisschen auf, wenn sie lange nach uns ins Zimmer kommt, die Nachttischlampe anknipst und denkt, wir schlafen. Dann sehe ich, wie sie die Strümpfe abstreift und nacheinander die bunte Strickjacke, den blauen Rock, die weiße Bluse, den Schlüpfer, den Hüfthalter, das Hemd, den Büstenhalter auszieht und sich einen Moment vor den Spiegel im Kleiderschrank stellt. Wenn sie sich von vorn ansieht, lächelt sie, wenn sie sich von der Seite ansieht, runzelt sie die Stirn. Dann zieht sie ganz schnell das Nachthemd an, schlüpft unter die Decke und macht das Licht aus. Ich finde es ganz aufregend, dass sie oben Brüste und unten

Haare hat. Ob Sonja und ich auch mal so aussehen, ganz zu schweigen von Bärbel?

Das rote Buch ist nicht für Kinder, sonst würde es nicht im Herrenzimmer stehen. Und weil es nicht für Kinder ist, müssen Sonja und ich es aus dem Regal ziehen, ins Klo schleppen und die Tür hinter uns verriegeln. Es ist groß und schwer und voller Bilder. Wir hocken uns auf den Boden und klappen eine Tafel nach der anderen auf. Am meisten will Sonja wissen, wie es unter Tante Doras Büstenhalter und Hüfthalter weitergeht. Da steht ›Lunge‹ und ›Gebärmutter‹ und ›Eierstöcke‹ und ›Darm‹ und ›Blase‹.

»Aha«, sagen wir und haben nicht gefunden, was Sonja sucht. Sie will nämlich wissen, was Tante Dora macht, wenn sie über Nacht wegbleibt und Großvater sie, wenn sie am Morgen nach Hause kommt, eine ›Hure‹ nennt. Mutter verteidigt sie dann und sagt: »Lass sie doch zu Horst gehen, wir leben schließlich nicht mehr im Mittelalter.«

Onkel Horst ist Zahnarzt und schaut sich manchmal unsere Zähne an. Ich mag das gar nicht, wenn er bohrt.

Großmutter findet auch, dass Tante Dora zu Hause bleiben sollte: »Die Kinder essen uns jetzt schon die Haare vom Kopf, da können wir nicht noch eins brauchen.« Wir hätten dann noch jemand zum Spielen, aber wenn wir das Essen teilen müssen, dann soll es lieber wegbleiben. Natürlich haben wir längst kapiert, dass man vom Huresein Kinder bekommt, aber wir wollen ja wissen, was genau vorher passiert.

Wir blättern in dem roten Buch und suchen, bis wir ein Bild finden, auf dem eine Frau nackt auf dem Sofa liegt und wie Tante Dora aussieht. Darunter steht ›In Erwartung‹. Wir blättern die Seite um und wollen mehr wissen, aber es geht nicht weiter, Tante Dora bleibt nackt auf dem Sofa liegen und schaut uns an und sie macht das solange, bis wir anfangen zu frieren. Wir klappen das Buch zu, schleichen über den Flur ins Herrenzimmer und stellen das Buch ins Regal zurück. Wir könnten sie ja fragen, was sie bei Onkel Horst macht, aber wir trauen uns nicht. Wir sind irgendwie ganz andere Menschen, von oben bis unten glatt und noch kein bisschen verwandelt. Aber vielleicht steht ja doch irgendwo in dem Buch, wie die Kinder auf die Welt kommen. Mutter hat uns das schon erklärt. Sie hat uns aus einem Buch vorgelesen, das heißt ›Brüderlein und Schwesterlein‹. Da wünscht sich ein Brüderlein ein Schwesterlein und das Mütterlein sagt: ›Da musst du ganz fest dran denken und es dir wünschen. Und dann kommt der Storch und legt es in die Wiege.‹

Aber Sonja sagt: »Hast du in Berlin schon mal einen Storch gesehen?«

SEIDE

Im Schrank liegt ganz viel Seide. Großmutter sagt: »Die ist vom Doktor, weil ich soviel Suppe für seine Russen gekocht habe.« Schade, dass der Doktor jetzt weg ist, er hätte sicher auch meinen Vater beschützt. Ich war grad auf der Straße und habe Hopse gespielt und als ich hochkam, war er weg. Meine Mutter hat geweint: »Die Russen haben ihn wieder abgeholt. Wie soll er es denn beweisen, die Akten sind doch alle in Dresden verbrannt.«

Wozu sollen wir dann immer ›Onkel Hans‹ sagen, wenn es doch nichts nutzt. Ich weiß nicht, was ich von den Russen denken soll: Mal schenken sie uns Ohrringe und Seide, mal nehmen sie meinen Vater mit. Aber eigentlich kenne ich das doch: immer sind es die Stiefel, die kommen, und hinterher sind Mutter, Sonja, Bärbel und ich wieder allein. Aber wir haben ja Großvater, Großmutter und Tante Dora. Und wir haben zwei Ballen Seide, der eine ist rot mit weißen Punkten drauf, der andere ist rosa mit einem Blumenmuster. Die Seide fühlt sich ganz weich und zart an, so wie Bärbels Haut nach dem Baden.

»Davon bekommt ihr Kleider«, sagt Großmutter, »Frau Kontler wird sie euch nähen, sie hat Chic.«

Das klingt so, als sei sie in der Welt herumgekommen, die weit draußen weit weg ist. Vielleicht hat sie von da ihr Kind mitgebracht und den Vater dort gelassen. Als sie Maß nimmt, schaue ich sie genau an. Sie trägt ihr schwarzes Haar hochgesteckt und ihre Schuhe haben dicke Sohlen, so dass sie viel größer als ohne Schuhe ist. Manchmal zieht sie sie nämlich aus und läuft auf Strümpfen umher und dann ist sie nicht größer als Sonja. Ich würde sie gern was fragen, aber ich weiß nicht wie. Sie muss ja wissen, wie das mit dem Kinderkriegen ist. Aber Tante Dora hat mir auch keine Antwort gegeben und gesagt: »Das erfährst du noch früh genug.« Ich verstehe nicht, warum die Erwachsenen das für sich behalten und nichts davon abgeben wollen. Ich habe meine Mutter und meinen Vater, der ›Onkel Hans‹ heißt und den ich nicht anreden kann, tagsüber auf dem Sofa kuscheln gesehen, das ist ziemlich klein für zwei. Ich hatte so ein komisches Gefühl, es war so, als wollte ich zwei unterschiedliche Sachen zugleich tun, nämlich hingucken und rausgehen. Und dann wusste ich gar nicht, was ich machen sollte und deshalb blieb ich stehen und schaute irgendwo hin.

Frau Kontler näht Sonja, Bärbel und mir Sommerkleider mit kurzen Puffärmeln, Kragen und einem Gürtel, den man vorn zubinden kann. Jetzt sehen wir drei ganz gleich aus, aber Mutter kann uns schon noch unterscheiden, weil Sonja größer und Bärbel kleiner ist als ich und weil Sonja Zöpfe und Bärbel kleine Löckchen hat, während ich oben auf dem Kopf eine Rolle trage, die über einen Kamm gedreht wird, aus dem ein Zinken ausgebrochen ist. Sie erkennt mich auch daran, dass ich jeden Tag Gesicht und Hals wasche, während Sonja Wasser hasst und sich nicht waschen will. Tante Dora hat mir erzählt, dass ich, als ich noch viel kleiner war, vom Spielen auf der Straße nach Hause gekommen sei, weil eine Frau zu mir gesagt hatte: »Du siehst aber dreckig aus, geh rein und wasch dich.« Da hätte ich mich so geschämt, dass ich mir seitdem jeden Morgen Gesicht und Hände wasche und manchmal auch den Hals.

Ich finde mich schön in dem roten Kleid mit den weißen Punkten drauf und Sonja und Bärbel auch. Wir drängeln uns vor dem Spiegel in Großmutters Kleiderschrank, weil wir uns alle drei nicht gleichzeitig sehen können. Bärbel quengelt dann und manchmal muss ich Sonja an der Stelle im Oberarm zwicken, wo es so richtig weh tut, damit ich vorn stehen und mich ganz sehen kann.

Mutter und Tante Dora schneiden manchmal Seide von dem rosa Ballen mit den Blumen ab, stecken sie in den Rucksack und gehen morgens aus dem Haus. Sie nennen das ›hamstern‹, ein komischer Ausdruck, sie sind doch keine kleinen Tiere. Wenn sie abends zurückkommen, haben sie Kartoffeln, Brot und manchmal auch Wurst oder Eier im Rucksack und erzählen, dass die Bauern Perserteppiche im Kuhstall liegen haben. Sie sagen das so, als seien die Bauern eine andere Sorte Mensch als wir, sie kommen mir wie eine Art Feind vor, mit dem man sich gut stellen muss, ähnlich wie die Russen, von denen man Seide kriegt, wenn man Nudeln kochen kann. Wenn ich groß bin, will ich kochen und backen lernen, damit ich im Krieg mit den Feinden auskommen und im Sommer ein Seidenkleid tragen kann.

WASSERFALL

Die Erwachsenen wissen Sachen, an die ich mich nicht erinnere, aber wenn sie immer wieder davon erzählen, glaube ich, dass ich dabei war.

»Als du ganz klein warst«, erzählt meine Mutter, »warst du mit einem Mal verschwunden. Die Polizei hat die Straßen abgefahren und dich gesucht. Wir waren ganz verzweifelt. Aber dann haben sie dich in einem Park gefunden, wo du unter den Bäumen seelenruhig gespielt und kein bisschen Angst gehabt hast. Aber uns saß der Schrecken in den Gliedern.«

Ich fühle mich ganz schlecht wegen des Kindes, das ich einmal war, weil meine Mutter diese Geschichte immer dann erzählt, wenn ich sage: »Es ist so langweilig, ich will runter auf die Straße«, denn sie will nicht, dass ich bis zum Alexanderplatz laufe und mir die vielen Trümmer ansehe. Dabei weiß sie doch, dass ich von ganz allein zurückkomme, aber nicht, wie sie denkt, weil ich Hunger habe, sondern weil die Trümmer so leer sind und ich nicht weiß, ob all die Menschen, die hier gewohnt haben, noch leben.

Ich weiß aber von früher ganz andere Sachen, die ich nicht erzähle, nämlich: dass ich mal in die Hose gepinkelt habe, als ich fünf war, und deshalb aus Strafe zuhause bleiben musste, während Mutter, Sonja und Bärbel die Großeltern und Tante Dora besuchten, und dass ich dann Nummern am Telefon wählte, so wie ich es bei den Erwachsenen gesehen hatte, und immer dachte, ich erreiche so Tante Dora. Aber es waren immer andere Leute am Apparat, nie Tante Dora. So was erzähle ich nicht, da schäme ich mich, dass ich so dumm war. Und ich erzähle auch nicht, dass ich neulich eine Frau ausgelacht habe, die sich auf der Prenzlauer Allee die Hosen runter zog, sich hinhockte und pinkelte, mitten auf der Straße, ohne einen Baum, einfach so, dass es jeder sehen konnte. Das ist doch komisch oder? Sie fand das gar nicht. »Was ist denn daran komisch, wenn man mal muss, das kann dir auch passieren.« Nein, das kann mir nicht passieren, ich bin nicht mehr fünf, sondern neun. Und da pinkelt man nicht mehr in die Hose und setzt sich auch nicht an den Straßenrand, sondern sucht sich ein Klo oder hockt sich hinter einen Baum. Aber mit den Bäumen, das geht nicht mehr, denn die Leute haben sie über Nacht gefällt, zerhackt und nach Hause getragen. Gegenüber auf der anderen Straßenseite, wo der Friedhof ist, gibt es noch Bäume, da hat sich keiner getraut, was zu klauen, wegen der Toten, und da kann man auch nicht pinkeln. Besser man hockt sich in den Hauseingang, wenn es niemand sieht. Aber das erzähle ich schon gar nicht, nicht mal Sonja, und Bärbel erst recht nicht, denn sie verplappert sich als erste.

Ich weiß nicht, warum ich mich nicht traue, meiner Mutter zu erzählen, dass ich neulich die Klotür aufgemacht und Großvater gesehen habe. Da war so ein großes Ding, aus dem ein riesiger Wasserfall kam. Ich habe mich ganz furchtbar erschrocken. Dass Großvater so was Großes mit sich herumträgt, habe ich nicht gewusst. Den Busen von Tante Dora, Mutter und Großmutter sieht man ja durch die Bluse durch, aber durch die Hose von Großvater sieht man gar nichts und dann kommt da plötzlich so was Großes raus und macht einen Wasserfall, dass man denkt, das ganze Klo wird gleich überschwemmt. Großvater ist mir richtig unheimlich geworden. Aber vielleicht kommt das ja auch daher, dass Großvater manchmal zu viel trinkt und Großmutter so wütend wird, dass sie die Sicherung herausdreht und Großvater dann im Flur hinfällt, weil er sich im Dunkeln mit seinem besoffenen Kopf nicht zurechtfindet. Mutter sagt, wenn man viel trinkt, muss man viel pinkeln. Vielleicht kann man ja an dem Wasserfall erkennen, dass Großvater mal wieder zu lange in der Kneipe war. Da erzähle ich doch lieber nichts, sonst sitzen wir wieder im Dunkeln und ich muss mich fürchten.

SPIELEN

Es ist kalt, es friert und schneit. Großvater sagt: »Jetzt ist der Krieg zu Ende, aber das Sterben hört nicht auf. Was der Krieg nicht geschafft hat, das schaffen jetzt die Kälte und der Hunger.« Auch drinnen ist es kalt, es wird nur in dem Zimmer, in dem der Kachelofen steht, warm und da drängeln wir uns alle zusammen. Aber draußen rennen wir im Friedrichshain den Sandberg hoch und binden die Schlitten aneinander. Manchmal zähle ich sie, es sind immer mindestens neun. Viele Kinder kenne ich gar nicht, sie kommen aus allen Ecken. Manche legen sich mit dem Bauch auf den Schlitten, andere sitzen allein oder zu zweit darauf. Wer auf dem ersten sitzt oder liegt, muss lenken, meistens ist es Peter, der so alt ist wie Sonja und schon beim Rutenschneiden und Kriegführen gegen die Nachbarstraße immer vorneweg war. Er hat rote Haare und abstehende Ohren und schnauzt einen an, wenn man nicht machen will, was er sagt. Aber den Schlitten kann er lenken wie keiner. Und dann geht's los. Ich stelle die Füße auf die Kufen und fasse

Bärbel mit beiden Händen um den Bauch, damit sie nicht runter fällt. Sonja sitzt vor uns auf ihrem eigenen Schlitten, hat die Füße rechts und links am Boden und bremst, wenn es zu schnell wird. Wenn Peter Kurven fährt, dann neigen sich die hinteren Schlitten zur rechten oder zur linken Seite und irgendwann kippen sie dann auch um. Die Mutigsten sind hinten und vorn, aber ich muss ja Bärbel festhalten und bleibe in der Mitte. Wir haben ganz laute Stimmen, wir schreien und kreischen. Ich weiß nicht, ob ich mehr Angst oder mehr Spaß habe. Jeden Tag geht ein Schlitten zu Bruch, aber es kommen immer wieder andere Kinder mit neuen Schlitten, die sie aus dem Keller holen. Die Erwachsenen brauchen nicht zu wissen, dass wir die Schlittenkette ›Teufelsschlange‹ nennen, weil die Schlitten schlingern und die Kinder herunter geschleudert werden. Mutter ist froh, dass wir vom Spielen im Friedrichshain warm werden und in der Zeit unseren Hunger vergessen.

Jeder bekommt 300 Gramm Brot am Tag, das sind sechs Scheiben. Großmutter passt auf, dass wir nicht alles auf einmal in uns hineinstopfen. Manchmal macht sie aus dem Brot Knödel und dann weiß ich, dass Sonntag ist. Ich weiß es aber auch so, weil dann nämlich keine Schule ist, denn die Schule hat wieder aufgemacht und ich bin von der ersten gleich in die dritte Klasse gekommen oder ›gesprungen‹, wie die Lehrerin sagt. So bin ich nicht so dicht an Bärbel dran, die jetzt auch mit mir in die Schule geht. Es wäre ja auch zu komisch, wenn sie in die erste und ich erst in die zweite Klasse ginge. Meine Lehrerin findet mich frech, weil ich zu ihrem Dutt ›Obmannszwiebel‹ gesagt habe, aber das sagt meine Großmutter auch, wenn sie eine Frau mit einem Dutt sieht. Aber wenn ich es recht überlege, sagt sie es nur, wenn sie sie nicht leiden kann und sie sagt es dann auch nur zu uns und nicht zu ihr. Ich finde das Wort lustig und habe gedacht, die Lehrerin würde lachen.

»Naja«, sagt Großmutter, »es ist ja nicht lustig, wenn du zu ihr sagst: ›Sie sehen aus wie eine Hausmeisterin.‹«

Wie soll man denn wissen, was die Wörter so alles bedeuten und wen sie ärgern und wen nicht. Zum Glück habe ich zu unserer Lehrerin Frau Schmidt nicht gesagt: »Schmidt, das ist ein Portiersadel.« Großmutter sagt das auch immer, wenn jemand Schmidt oder Müller oder Meier heißt. Ich lerne jetzt, dass ich nicht alles sagen darf, was ich denke. Ich denke jetzt und sage es aber nicht, dass ich viel lieber bei Tante Dora, die inzwischen auch Lehrerin ist, aber ganz woanders, Unterricht hätte. Sie trägt immer hübsche Kleider und hat keinen Dutt, sondern

Locken bis auf die Schultern. Frau Schmidt ist uralt und hat graue Kleider an. Sie gibt immer Schularbeiten auf, die ich machen muss, solange es hell ist, denn abends ist oft Stromsperre und dann sitzen wir im Dunkeln und kriechen lieber ins Bett, weil sich das Dunkle da besser anfühlt.

Wenn kein Schnee auf der Straße liegt, bringen wir mit einer Peitsche die Kreisel zum Tanzen oder spielen Hopse. Wir basteln uns eine Kette aus Sicherheitsnadeln, stellen uns auf ein Bein und stoßen sie hüpfend von einem Feld zum nächsten bis dahin, wo ›Himmel‹ steht. Weil der Bürgersteig aus großen Platten besteht, brauchen wir keine Felder mit der Kreide zu zeichnen, sondern haben nur am Anfang und am Ende einen schönen großen Bogen gemalt, in den wir ›Hölle‹ und ›Himmel‹ hineingeschrieben haben. Wenn die Kette beim Hüpfen und Schieben nicht ins nächste Feld kommt, dann bis du raus und wehe, wenn du mogelst und mit dem Fuß noch so ein bisschen nachschiebst und das dann auch noch abstreitest. Dann gibt es Krach und du kannst nach Hause zu deiner Mutter rennen und dich unter ihrer Schürze ausheulen. Und als Peter mogelt, darf er auch nicht mehr mitmachen. Da findet er, dass wir sowieso zu klein und zu doof sind. Klein ist er ja nicht, aber doof ist er selbst. Auch wenn er sich mit dem Bauch auf den ersten Schlitten legen und so dolle Kurven fahren kann, dass die Kinder hinten herunterfallen.

Solange wir Schlitten fahren, kreischen und hüpfen, ist es hell. Solange wir spielen, haben wir keinen Hunger.

ZUCKEREI

Ich weiß nicht, warum ich so hinter dem Süßen her bin, aber Bärbel ist fast noch schlimmer als ich. Wir lecken an unserem Zeigefinger und stecken ihn in die Tüte mit Zucker und dann in den Mund. Seit Großmutter Eiweiß zu Schnee geschlagen und mit Zucker gesüßt hat und wir kosten durften, sind wir ganz heiß nach mehr. Bärbel waren die Augen fast aus dem Kopf gefallen und wir haben wie aus einem Mund: »Himmlisch!« gerufen. Das ist ein Wort von Tante Dora, das sie immer dann benutzt, wenn ihr etwas besonders gut gefällt.

Wir sind böse Kinder, aber wir können nicht anders. Wir hecken aus, dass wir ein Ei klauen, das Eiweiß zu Eischnee schlagen und davon nicht nur kosten, sondern uns dran satt essen wollen. Wir sagen Sonja nichts, denn wir finden, es reicht höchstens für zwei. Wir schleichen uns in die Küche, holen Ei, Zucker, einen Topf und einen Schneebesen, tippeln auf Zehenspitzen über den Flur zum Klo und schließen uns ein. Jetzt sind wir auch nicht besser als Großvater, der einmal unser Brot weggegessen hatte, aber nur einmal, denn da hat es solchen Krach gegeben, dass ihm der Appetit vergangen ist.

Als wir das Ei am Topfrand aufschlagen, fällt es in den Topf hinein und Eigelb und Eischnee liegen nun ganz dicht beieinander. Jetzt können wir sie nicht mehr trennen. Wie auch, wir haben ja nur einen Topf. Daran hatten wir gar nicht gedacht, dass wir zwei Gefäße brauchen. Großmutter hatte ja auch nur einen Topf, in dem der Eischnee drin war. Wir schauen uns an und wissen, was wir beide denken: Sind wir blöd! Ich denke es vielleicht noch ein bisschen mehr, weil ich älter bin. Aber rausgehen aus dem Klo und einen zweiten Topf holen wollen wir auch nicht. Das dauert alles viel zu lange und wir wüssten auch nicht, wie wir das Eigelb aus dem Eischnee herausfischen sollen, weil nämlich alles so glibberig zusammen hängt. Großmutter hat gesagt, dass, wenn noch was Gelbes im Weißen ist, es keinen richtigen Eischnee gibt. Aber wir probieren es jetzt trotzdem und ich schlage, bis mir der Arm lahm wird und Bärbel weitermachen muss. Aber sie kann es noch nicht so gut, sie ist ja erst fünf und so muss ich wieder ran. Das Ei wird mit dem Zucker zusammen so nach und nach schaumig, wenn auch nicht so fest wie ohne Eigelb. Als wir aber den Finger hineintauchen, rollt Bärbel wieder die Augen und wir rufen beide: »Himmlisch!«, aber nicht zu laut, damit uns niemand hört.

»Was macht ihr da drinnen denn solange?«, Großvater klopft an die Tür. »Ich muss mal!«

Wohin mit dem Topf, dem Schneebesen und den Eierschalen?

»Gleich!«, rufen wir und schieben alles schnell auf den Fußboden zwischen Badewanne und Heizofen, der manchmal, wenn wir Holz und Kohle haben, angezündet wird, damit das Wasser heiß wird und wir baden können. Sonja darf zuerst allein in die Wanne, weil sie schon groß ist und mehr Platz braucht. Erst wird sie von oben bis unten abgeschrubbt ist, dann kommen Bärbel und ich in die Wanne und werden auch von oben bis unten abgeschrubbt. Das Wasser sieht danach so grau und seifig aus, dass wir uns ein bisschen ekeln und freiwillig herauskommen. Das nächste Mal wollen wir die ersten sein, das haben wir uns geschworen.

Bärbel macht die Klotür auf, wir drücken uns an Großvater vorbei in den Flur und horchen darauf, wie sein Wasserstrahl ins Klo fällt. Als wir die Klospülung hören, verkrümeln wir uns schnell ans Ende des Flures ins Dunkle und beobachten, wie er mit einer Zigarette in der Hand herauskommt und in dem Herrenzimmer, wo außer ihm aber keine anderen Herren drin sind, verschwindet.

Wir schleichen zurück ins Klo, wo es jetzt nach Rauch und Pisse riecht, schließen ab, Bärbel holt Topf und Schneebesen hervor, während ich das Fenster aufreiße. Wir haben es angefangen, jetzt bringen wir es auch zu Ende. Bärbel setzt sich auf den Klodeckel, ich auf den Badewannenrand. Und wenn Großmutter die Eier nachzählt? Was sagen wir dann? Vielleicht merkt sie es ja gar nicht. Doch, sie wird es bestimmt merken. Großmutter kennt jedes Ei persönlich. Tante Dora hat sechs Stück im Rucksack mitgebracht und war dafür den ganzen Tag weg gewesen. Dann müssen wir eben lügen und sagen, wir waren es nicht.

Als wir das letzte bisschen ausgeleckt haben, spülen wir den Topf im Waschbecken ab, schmeißen die Eierschalen ins Klo und ziehen ab. Bärbel steckt den Schneeschläger unter ihren Pullover, ich den Topf unter mein Kleid, so dass ich aussehe, als hätte ich einen dicken Bauch, und gehen auf Zehenspitzen in die Küche zurück. Ab und zu müssen wir rülpsen, weil die Luft aus dem Eischnee wieder raus will.

Ja, wir sind böse, aber wir sind zu zweit, da wird das Bösesein irgendwie kleiner. Vielleicht hätten wir Sonja doch etwas abgeben sollen.

WEISSE MÄUSE

Jetzt sollen wir wieder eine eigene Familie werden, Mutter, Sonja, Bärbel und ich. Und auch mein Vater. Als er nach einem Vierteljahr zurückkam, sah er nicht so zerlumpt und dreckig aus wie damals, als ich ihn nicht erkannt habe, dafür hatte er ganz geschwollene Beine und musste viel husten. Ich habe an der Tür gelauscht, als meine Mutter Tante Dora erzählte, dass er bei den Russen im kalten Keller gesessen habe und verhört worden sei, dass er jetzt Wasser in den Beinen habe und es noch lange dauern werde, bis er wieder gesund sei. Ich schleiche öfter um ihn herum, wenn er mit geschlossenen Augen auf dem grünen Sofa in dem Zimmer neben dem Herrenzimmer liegt. Manchmal winkt er mich dann zu sich heran und hebt die Hand, als wolle er mich begrüßen. Mutter sagt, ich sehe ihm ähnlich, aber das finde ich nicht, ich habe viel mehr Haare als er. Aber ein bisschen bin ich doch stolz darauf. Es ist, als ob er mir dadurch ein bisschen mehr gehören würde als Sonja und Bärbel. Als er endlich aufstehen konnte, hat meine Mutter wieder zu lächeln angefangen, wenn sie mit uns geredet hat. Ich würde gern fragen, warum er in einem Keller gesessen hat, aber ich weiß schon, was dann kommen wird. Immer wenn ich etwas frage, was mit ihm zu tun hat, heißt es: »Das verstehst du noch nicht.« Da macht das Fragen keinen Spaß mehr. In der Schule ist es andersherum, da fragt die Lehrerin und ich muss antworten, ob ich will oder nicht, da kann ich auch nicht sagen: »Das verstehst du noch nicht.« Aber ich sage ja auch ›Sie‹ zu der Lehrerin und vielleicht ist es deshalb etwas anderes.

Weil es zu acht zu eng bei den Großeltern wird und weil mein Vater eine Wohnung und Arbeit am Stadtrand von Berlin gefunden hat, sollen wir wegziehen. Meine Mutter hat uns gesagt, dass Vater bei den Russen in der Kantine arbeiten kann. Das ist etwas, was ich nicht verstehe. Erst machen sie, dass er Wasser in den Beinen hat und dann soll er bei ihnen arbeiten. Aber vielleicht ist es so, dass sie ihm doch geglaubt haben, dass er kein Nazi ist und wollen jetzt etwas gut machen.

Ich will aber nicht aus der Stadt raus. Wir haben es schon einmal erlebt, dass wir dann auf ein Dorf kamen, wo man uns nicht haben wollte. Jetzt wohnen wir doch schon über ein Jahr hier und so sehr sind wir doch gar nicht gewachsen, dass es auf einmal zu eng wird. Vielleicht wird es ja deshalb zu eng, weil Großvater seit neuestem einen Käfig mit weißen Mäusen im Herrenzimmer hat. Erst waren es nur zwei, aber inzwischen wimmelt es in dem Käfig und es werden immer mehr. Großmutter schimpft über die weißen Mäuse und sagt zu Großvater: »Pass lieber auf die weißen Mäuse in deinem Kopf auf«, aber dann macht er einfach die Tür zum Herrenzimmer zu. Ich finde die Mäuse auch ganz süß, wenn sie nur nicht so fürchterlich stinken würden. Und weil es immer mehr werden, wird Großmutter immer lauter und es kommt mir vor, als sei jetzt Krieg im Herrenzimmer. In einem Geschäft habe ich ein Bild aus Holz gesehen, da stand drauf ›Mann, ärgere deine Frau nicht‹. Das habe ich auf ein Blatt Papier geschrieben, für jeden Buchstaben einen anderen Buntstift genommen und noch eine Girlande um den ganzen Satz gemalt. Ich fand das lustig und habe es Großvater geschenkt, aber der konnte gar nicht darüber lachen.

Wir nehmen unsere Lebensmittelkarten mit, aber ich weiß nicht, ob sie dort, wo wir hinziehen, auch gelten und wir genug Brot und Zucker dafür bekommen werden. Als ich ganz klein war, hat meine Mutter immer Mohrrüben geraspelt, sie dann in eine Windel getan und solange gedrückt, bis süßer roter Saft heraus kam. Den hat sie uns zu trinken gegeben, damit wir groß und stark werden. Aber manchmal hat sie auch Spinat gekocht, der ganz eklig schmeckte und den man einfach wieder ausspucken musste. Ich bin froh, dass es den nicht auf Marken gibt. Ich weiß auch gar nicht, ob meine Mutter kochen kann. In Berlin war es immer Großmutter, die gekocht hat, selbst wenn es nichts Richtiges zu kochen gab. Sie kann Klöße aus Kartoffelschalen und Brot machen und nennt sie Bouletten, sie legt Weizenkörner ins Wasser, bis sie keimen und schlägt dann das Wasser solange, bis es schaumig wird und sagt: »Das ist Schlagsahne«. Einmal hat sie Hefeklöße mit Pflaumensauce gekocht, nachdem Mutter und Tante Dora von einem Bauern zurückkamen. Da haben wir im Himmel geschwebt, Sonja, Bärbel und ich.

Meine Großmutter hat dunkelrote Weingläser, die im Licht funkeln. Sie stehen in einer Vitrine und heißen ›Römer‹ und ich freue mich immer, wenn sie so blitzen. Sie werden hier bleiben, wenn wir weggehen. In Großvaters Herrenzimmer steht ein schwarzes Klavier, darauf spielt er manchmal ganz laut etwas aus einer Oper von einem Wagner und an der Wand hängen Bilder von einem Dürer. Wenn ich mir vorstelle, dass wir wieder woanders sein werden, dann vermisse ich sie jetzt schon, obwohl die Musik und die Bilder mir gar nicht so richtig gefallen. Das rote Buch bleibt auch hier.

»Ihr könnt ja jeden Sonntag zu Besuch kommen«, sagt Großmutter und streicht Bärbel über den Kopf, aber ich möchte hier bei Tante Doras Strümpfen und langen Haaren, bei Großmutters Hefeklößen und bei Großvaters Herrenzimmer bleiben und lieber woanders sonntags zu Besuch sein.

Jetzt müssen wir mit unserem Schulranzen und dem Koffer weiterziehen, der Unterschied ist nur, dass wir dieses Mal den Kreisel, die Murmeln und die Spiele mitnehmen dürfen und mein Vater, den wir jetzt nicht mehr Onkel Hans nennen müssen, auch einen Koffer trägt. Der blaue Stuhl bleibt hier und wartet auf mich, bis ich wieder komme. Aber seit mein Teddy und meine Puppe hinter dem Fluss geblieben sind, habe ich Angst, dass verloren geht, was ich zurücklassen muss. Aber wenn es mir dort, wo wir jetzt hin müssen, nicht gefällt, dann gehe ich einfach zurück zu Großmutter und zu meinem blauen Stuhl.

DIE TUCKE

Der Ort, an dem wir jetzt wohnen, liegt nördlich von Berlin und heißt Glienicke. Hier laufen immer zwei Russen durch die Straßen. Das ist, weil wir in der sowjetischen Besatzungszone leben und sie auf die Menschen aufpassen müssen, damit der Krieg, der seit einem Jahr zu Ende ist, nicht wieder losgeht. Man darf nicht mit ihnen reden, sonst werden sie vom Aufpassen abgelenkt. Aber ich verstehe ja sowieso nicht, was sie sagen – außer, dass sie nichts verstehen. Ich habe es mal probiert und was gefragt, aber da haben sie mich nur angeguckt, die Schultern hochgezogen und den Kopf geschüttelt. Da kann man nichts machen. Bei dem Doktor war das ganz anders, mit dem zu reden hat richtig Spaß gemacht. Mein Vater bringt uns jeden Tag aus der Russenkantine eine Milchkanne voller süßem Kaffee mit, keinem echten, sondern Muckefuck, sonst dürften wir den auch gar nicht trinken. Um den reißen wir uns und halten deshalb schon immer Ausschau nach Vater, wenn er von der Arbeit kommt.

Als mein Vater gesagt hatte: »Jetzt ziehen wir nach Glienicke«, kamen wir zuerst zu Frau von Sellin, die ganz allein in einem großen Haus wohnt. Bei Großmutter gab es vor der Tür einen breiten Bürgersteig, bei Frau Blanka einen schmalen. Alle Häuser standen dicht nebeneinander, in Berlin die großen Häuser, bei Frau Blanka die kleinen. In Berlin konnten wir aus dem ersten Stock vom Seitenflügel aus in einen Innenhof mit Teppichstange hinunter schauen, Frau Blanka hatte hinter ihrem Haus einen Bauerngarten mit ganz viel Blumen und Gemüse. Bei Frau von Sellin ist die ganze Straße aus Sand und um das Haus herum stehen Obstbäume und Kiefern. Daran stößt ein anderer Garten mit Obstbäumen und Kiefern. Und dazwischen sind Beete. Wir haben schnell gemerkt, dass Frau von Sellin will, dass wir wieder ausziehen. Vielleicht weil wir nicht adlig sind. Immerfort schimpft sie mit meiner Mutter und meine Mutter sagt dann zu uns: »Sie ist eine Tucke.« Was eine Tucke ist, weiß ich nicht genau, aber wenn sie so aussieht wie Frau von Sellin, dann ist sie alt und hässlich, hat dünne Haare und meckert immerzu, weil ihr Kinder vorkommen wie Ratten, die man vergiften muss. Dabei sieht Bärbel ganz süß aus mit ihren Löckchen. Im Juni habe ich mich in dem Garten auf den Bauch zwischen die Erdbeerpflanzen gelegt und alle roten Erdbeeren aufgegessen, nur so, um Frau Dingsbums zu ärgern.

»Wir sind hier einquartiert worden«, sagt mein Vater, aber das Wort mag ich gar nicht schreiben, weil es so klingt, als ob es knarrt und das mag ich nicht. Es ist fast so schlimm wie ›sowjetische Besatzungszone‹ oder ›sowjetischer Sektor‹, das klingt, als würde jemand einen von ganz nahe ansehen, die Stirn runzeln und zischen.

Um Großmutter, die im sowjetischen Sektor von Berlin wohnt, besuchen zu können, müssen wir mit dem Bus und der U-Bahn fahren. Wenn wir am Sonntagvormittag losfahren, kommen wir gerade richtig zum Mittagessen, sind wir aber schon am Sonnabend da, dann heizt sie den Badeofen und wir können baden. Bärbel und ich haben gesagt, dass wir es ungerecht finden, dass Sonja immer als erste ins Wasser darf und dass wir auch mal die ersten sein wollen. Jetzt dürfen wir uns mit Sonja abwechseln. Bärbel und ich versuchen immer solange im Wasser zu bleiben, bis die Haut runzlig wird und weil das Wasser dann schon etwas abgekühlt ist, lässt Großmutter für Sonja einen Teil abfließen und heißes Wasser nachlaufen. Dann ist es auch nicht so dreckig. Danach werden wir in ein großes Badetuch gewickelt und Bärbel und ich dürfen neben Großmutter im Ehebett liegen, während Großvater sich im Herrenzimmer aufs Sofa legt. Sonja ist schon zu groß, sie passt nicht auch noch rein, sie kriegt das Bett von Tante Dora, die jetzt irgendwo weit weg anderen Kindern das Lesen und Schreiben beibringt. Sonja und ich haben fast vergessen, dass wir das mal nicht konnten.

Ich gehe in Glienicke weiter in die dritte Klasse, aber bald, nach den Sommerferien, komme ich in die vierte. Wir sind nur Mädchen und unser Klassenlehrer heißt Herr Gabriel. Der Direktor der Schule heißt Herr Behrens und ist Leiter des Kinderchores, in dem Sonja schon mitsingen darf. Er wohnt im Schulhaus und ich habe gehört, dass er sich jeden Morgen vor dem Unterricht in die Badewanne legt. Ich weiß gar nicht, wo er das viele warme Wasser herkriegt, bei uns kommt immer nur kaltes Wasser aus dem Hahn.

Bei der Tucke gibt es jeden Tag Krach. Zum Glück müssen Sonja und ich früh aus dem Haus gehen, denn es dauert eine halbe Stunde, ehe die lange Chaussee zu Ende ist und wir die Schule erkennen können. Und unterwegs kommen noch andere Kinder dazu. Am meisten freue ich mich, wenn Evelyn aus einer Seitenstraße kommt. Sie sieht wunderhübsch mit ihren schwarzen Locken und blauen Augen aus. Wir gehen in eine Klasse und sie ist jetzt meine beste Freundin. Auf dem Heimweg trödeln wir immer so lange, dass meine Mutter sich wundert, wo ich bleibe. Ich glaube, sie hat gemerkt, dass ich lieber in der Schule oder bei Evelyn zu Hause bin, denn eines Tages hat sie die Tucke angeschrien: »Jetzt reicht es!« Und da ist mein Vater zur Gemeinde gegangen und hat solange nach einer anderen Wohnung gefragt, bis er schließlich eine bekommen hat, in der wir nun ganz allein wohnen können. Auch hier ist die Straße ganz sandig und in dem Sand stehen Linden, so weit man sehen kann. Weil wir keine Möbel hatten, haben wir welche geschenkt bekommen. Mutter sagt, das hätten wir den Russen zu verdanken. Mir gefallen besonders ein kleiner Tisch und eine Kommode. Sie sehen aus wie aus einem Schloss und in der Kommode liegen weiße Servietten mit einer gestickten Krone drauf. Solche habe ich auch bei Frau von Sellin gesehen.

Tante Dora sagt immer: »Im Krieg sind so viele Männer gefallen, da müssen die Frauen sich jetzt den Rest teilen.« Vielleicht ist das mit den Möbeln auch so. Die, die welche haben, müssen den anderen, die keine haben, welche abgeben und Frau von Sellin schadet es gar nichts, wenn sie auch was abgeben muss, obwohl wir von einer alten Hexe eigentlich nichts annehmen möchten, da sind Sonja, Bärbel und ich uns einig.

Wir Kinder haben ein eigenes Kinderzimmer mit einem Eisenofen. Sonja hat sogar ein richtiges eigenes Bett. Bärbel und ich schlafen zusammen auf einer Matratze, unter der Ziegelsteine liegen. Abends erzählen wir uns Geschichten und ich denke mir immer welche aus, die noch keiner kennt.

»Welche Dinge sollen in der Geschichte vorkommen?«, frage ich.

»Eine Prinzessin, ein Kochtopf und ein Hase«, sagt Sonja dann.

»Drei Pfund Schokolade«, ruft Bärbel.

Ich muss schon überlegen, wie ich das alles in der Geschichte vorkommen lasse, besonders die drei Pfund Schokolade, die ich dann möglichst über die ganze Geschichte verteile, damit sie nicht gleich weg sind. Und wenn mir nichts einfällt, denke ich an den kleinen dunklen Tisch, in den Szenen aus dem Märchen ›Die chinesische Nachtigall‹ in Elfenbein eingelegt sind und diese Geschichte erzähle ich dann. Von dem chinesischen Kaiser, der seine wunderbar singende Nachtigall gegen einen mechanischen Vogel eintauscht und das bitter bereut, als er zerspringt. Die echte Nachtigall aber rettet ihm, als er auf dem Totenbett liegt, durch ihren Gesang das Leben.

SCHUBKARRE

Jeden Morgen, wenn ich zur Schule gehe, komme ich am Friedhof vorbei. Wenn die Schule aus ist, gehe ich auf dem Nachhauseweg manchmal Grabsteine anschauen. Auf dem Friedhof ist es ganz still, die Blumen blühen auf den Gräbern und überall stehen Bäume und Büsche, so dass es dort aussieht wie in einem blühenden Park. Aber ich pflücke jetzt keine Stiefmütterchen mehr, ich weiß inzwischen auch, dass das verboten ist. Der Friedhof ist ein Ort, an dem man Rechnen üben und sich das Leben der Toten vorstellen kann. Wenn ich ausrechne, dass jemand ganz jung gestorben ist, dann finde ich das ungerecht, aber wenn jemand alt gestorben ist, dann finde ich es in Ordnung. Großmutter und Großvater sind noch nicht so richtig alt zum Sterben, meine Eltern sind halb alt und wir Kinder sind älter als die Jüngsten auf dem Friedhof, aber jünger als die meisten hier. Manchmal kann man richtige Geschichten von den Grabsteinen ablesen: von Müttern, die immer treu für andere gesorgt haben, solange ihr Herz schlug, oder von Vätern und Großvätern, die auch Brüder waren und eine große Lücke hinterlassen haben. So was würde ich nie in einem Aufsatz schreiben, es klingt, als trügen die Frauen lange Kleider und die Männer einen Zylinderhut. Der Friedhof ist ein Ort, an dem nur gute Menschen liegen, alle sind liebende Mütter oder treusorgende Väter oder kleine Engel gewesen. Das müsste ich mal meiner Mutter erzählen, damit sie sich ein Beispiel an den Toten nimmt. Wenn man genau hinhört, erzählen die Toten aber auch noch andere Geschichten, denn es kann ja gar nicht sein, dass einer immer nur gut war, so, als ob man nur beerdigt wird, wenn man die Kinder nicht gehauen hat oder nicht von zuhause weggelaufen ist. Dann dürfte ich später auch nicht beerdigt werden, weil ich schon soviel gelogen und genascht habe. Ich kann mir das Totsein bei mir sowieso nicht vorstellen. Abends im Bett kommen die Toten dann als Lebende in meinen Geschichten vor, sie ärgern die Nachbarn, sie klauen Geld und suchen sich andere Frauen. Ich sage aber Bärbel und Sonja nicht, woher ich das alles habe, damit sie mich ein bisschen anstaunen.

In Glienicke gibt es kein Krankenhaus, sondern nur einen alten Zahnarzt, der einen anschnauzt, wenn man den Kopf wegdreht, und eine Ärztin, die auch nicht richtig weiter weiß. Vielleicht hat meine Mutter deshalb angefangen, in einem dicken Buch zu lesen, in dem steht, dass Krankheit ein Irrtum ist und durch gute Gedanken besiegt wird. Sie sitzt oft am Bett meines Vaters, der wieder krank geworden ist, und hat gute Gedanken. Was mich am meisten wundert, ist, dass auch mein Vater daran glaubt, wo er uns doch so viel erklärt hat, seit er wieder da ist, zum Beispiel, warum der Himmel blau ist und wie es kommt, dass Wasser sich in Dampf verwandeln kann. Wir bewundern ihn, weil er so viel weiß. Ich kann das dicke Buch nicht leiden, seit ich eine Nagelbettentzündung am großen Zeh hatte, nur noch auf der Ferse zur Schule humpeln konnte und es mir egal war, ob ich gute oder böse Gedanken hatte, weil es so weh tat. Als der Zeh vereitert war, halfen mir keine Gedanken, sondern das Bad in einer warmen Seifenlauge. Ich finde, Gedanken gehören in die Schule. Da ist mir die Bibel schon lieber, aus der mein Vater manchmal etwas über den Herrn, der mein Hirte ist, vorliest, denn da sind spannende Geschichten drin.

Herr Gabriel, unser Klassenlehrer, sagt immer: »Denkt doch mal nach, Mädchen.« Mein Vater hat das auch manchmal gesagt, aber seit er krank ist, muss er selbst so viel denken, um wieder gesund zu werden. Er denkt aber allein für sich und redet nicht mit uns über das, was ihn krank gemacht hat. Wir sind ihm einfach noch zu klein und so muss ich warten, bis ich groß bin.

Herr Gabriel hat ganz gelbe Finger vom Rauchen. Wenn mein Vater das sehen würde, wäre er sicher traurig. Er soll nämlich nicht rauchen, weil das schlecht für seine Lunge ist. Er hat sich deshalb ganz doll angestrengt, aber dann doch heimlich im Keller geraucht, damit meine Mutter nichts merkt. Ich kann das verstehen, weil ich manchmal Zucker nasche und mich ganz schuldig fühle, aber es hilft nichts, ich muss es trotzdem tun. Bei mir merkt man es nicht, weil Zucker nicht riecht, im Gegensatz zum Rauch, der vom Keller in die Wohnung aufsteigt. Herr Gabriel kann ruhig rauchen, er ist nicht krank und er ist auch kein richtiger Lehrer, sondern hat früher auf der Bank gearbeitet. Aber weil so viele Lehrer im Krieg gefallen sind, unterrichtet er uns in Deutsch und Rechnen. Er kommt immer im dunklen Anzug in die Schule und seine schwarzen Haare liegen angeklatscht am Kopf. Er ist streng, wir dürfen nicht albern sein und müssen die Hausaufgaben machen, aber wenn wir was richtig Gutes sagen, dann lächelt er und weil uns das gefällt, strengen wir uns an. Na ja, nicht alle, aber ein paar.

Manchmal dürfen wir Geschichten schreiben, die wir selbst erfunden haben, und dann gebe ich mir so richtig Mühe, damit Herr Gabriel mich anlächelt. Ich kann inzwischen alle Wörter richtig schreiben, vielleicht liegt das daran, dass ich Wörter gern habe und von meinem Vater gelernt habe, dass sie noch schöner klingen, wenn man sie reimt: Mutter auf Butter, singen auf springen und dass man ein Gedicht machen kann, wenn man die Wörter so hintereinander in eine Reihe stellt, dass es immer auf und ab geht und am Ende ein Reim steht: Unsre Mutter gibt uns Butter und wir singen, tanzen, springen. Ich übe das jetzt immer, aber man muss aufpassen, dass die Wörter nicht holpern und stolpern. Wenn das passiert, hat mein Vater immer eine Idee, wie man die Sätze wieder glatt kriegt. Ich konnte das Reimen schon mal gut gebrauchen, als mir eine Kaffeekanne runter fiel und der Henkel abbrach. Da habe ich einen Zettel geschrieben: »Liebe Mutti, sieh mal an, hier war mal ein Henkel dran« und ihn neben den Rest der Kanne gelegt. Und weil meine Mutter lachen musste, konnte sie nicht mehr schimpfen.

Im Nachbarort Frohnau fängt der französische Sektor an, in diesem Vorort von Berlin stehen Villen an richtigen Bürgersteigen, da gibt es sogar zwei Krankenhäuser und jede Menge Ärzte. Ein Bus oder eine Straßenbahn fahren da von Glienicke nicht hin, wir müssen schon zu Fuß laufen. Aber es ist nicht weit, wir brauchen ungefähr eine halbe Stunde, bis wir da sind. Als mein Vater hohes Fieber bekam, hat meine Mutter ihr dickes Buch zugeklappt, sich von den Nachbarn eine Schubkarre geliehen und ihn in Frohnau ins Krankenhaus gefahren. Ich war nicht dabei, ich war in der Schule, aber es stand auf einem Zettel, den sie uns vor die Tür gelegt hatte. Da haben wir dann gesessen und gewartet. Es hat lange gedauert, bis sie mit der leeren Schubkarre zurückkam. Sie war sehr müde und sagte nur: »Er hat eine schwere Lungenentzündung, wir müssen ihm jetzt viele positive Gedanken schicken.« Sie tat mir richtig leid. Da musste ich wieder an meinen vereiterten Zeh denken und daran, dass ich fast eine Blutvergiftung hatte. Man braucht ja nur mal über den Friedhof zu gehen, um zu sehen, wie schnell man sterben kann.

Jeden Sonntag besuchen wir unseren Vater im Krankenhaus und jedes Mal geht es ihm ein bisschen besser. Beim achten Mal hat er angefangen, uns Kartenspiele beizubringen, beim zwölften Mal hat er versucht, mit Sonja Schach zu spielen, aber das war zu schwer für sie. Mich hat er gar nicht erst gefragt, vielleicht weil ich erst neuneinhalb bin. Wenn es wieder Winter wird, werde ich zehn Jahre alt und mein Vater wird wieder ganz gesund sein. Denn solange wird es dauern, sagen die Ärzte. Und wenn dann noch mal zehn Jahre dazu kommen, dann werde ich endlich groß sein und ihn ganz viel fragen. Aber noch kann ich mir gar nicht vorstellen, dass ich das erleben werde. Die Zeit kommt mir vor wie eine Schnecke, die so langsam ist, dass man denkt, sie tritt auf der Stelle.

FAHRRAD

Wir haben jetzt ein Fahrrad. Es ist alt, aber es fährt. In der Woche braucht es mein Vater für seine Arbeit. Er fährt damit in den Westsektor und verkauft Flaschenaufsetzer in den Kneipen. Er hat uns an einer mit Wasser gefüllten Bierflasche gezeigt, wie das Ding funktioniert. Wenn man es oben auf den Flaschenhals setzt und damit eingießt, kommt ein kleines Schnapsglas voll Wasser raus. Da müsste man oft gießen, wenn man Durst hat. »Aber Schnaps ist ja auch nicht gegen den Durst«, sagt meine Großmutter und ich weiß, wen sie damit meint.

Meine Mutter kann nicht Fahrrad fahren, sie läuft deshalb immer zu ihrer Arbeitsstelle bei der Reichsbahn, wo sie in einem kleinen Häuschen, das ›Wanne‹ heißt, die Fahrkarten für die S-Bahn abknipst. Als mein Vater im Krankenhaus lag, reichte das Geld hinten und vorn nicht. Und da hat sie sich eine Arbeit gesucht. Aber jetzt, wo er wieder gesund ist, reicht es auch nicht, und so geht sie weiter arbeiten. Warum hat er auch so einen komischen Beruf? Großmutter muss nicht arbeiten gehen, Großvater ist Ingenieur und Stadtbaurat, aber bei ihm muss sie aufpassen, dass das Geld, das er nach Hause bringt, auch in ihrer roten Geldkassette landet. Ich glaube, mein Vater schämt sich, denn er denkt, dass Mütter zuhause bleiben sollen. Bärbel findet das auch schöner. Sonja und ich sagen uns, dass wir vormittags sowieso in der Schule sind und uns nachmittags, wenn sie wieder da ist, draußen herum treiben. Das einzige was mich stört ist, dass wir jetzt mehr helfen müssen. Und dann stört mich noch, dass unser Schulbrot immer mit Schmalz bestrichen ist. Evelyn, die neben mir sitzt, hat manchmal Käse auf dem Brot und weil sie Schmalz gern isst, tauschen wir, aber erzählen es nicht zuhause, weil nämlich Käse viel kostbarer ist und unsere Mütter sich vielleicht aufregen, meine Mutter, weil sie denkt, ich bettele, und Evelyns Mutter, weil sie denkt, dass der gute Käse für ihre Tochter sein soll. Aber wir teilen und tauschen, weil wir Freundinnen sind. Welchen Beruf ihr Vater hatte, weiß sie nicht, er ist im Krieg gefallen, als sie zwei Jahre alt war, da kann sie sich an nichts erinnern.

Am Sonntag darf ich das Fahrrad haben. Weil es ein Herrenfahrrad ist, findet Sonja es blöd und Bärbel ist noch so klein, dass sie nur fahren kann, wenn sie mit dem rechten Bein durch die Stange hindurch das Pedal tritt. Da ist es schwer die Balance zu halten und deshalb halte ich sie dann am Sattel fest und laufe nebenher. Wenn ich das Rad für mich habe, fahre ich am liebsten durch den Wald und die Wiesen zum mit Schilf umstandenen See und sehe den Libellen zu. Der Boden ist weich und federt, wenn man darüber fährt. Auf dem Weg zum See komme ich an den Stellen vorbei, an denen der Torf gestochen wird, den wir im Winter zum Heizen brauchen. Meine Eltern sind sehr hinterher, dass wir schon im Sommer ganz viel Torf im Keller lagern, damit wir im Winter nicht frieren müssen. Ich bin auch froh, wenn der Keller voll von diesen braunen Brocken ist, denn es gibt kein Holz und keine Briketts. Neulich haben wir morgens aus dem Fenster geschaut und gesehen, dass über Nacht ganz viele Bäume verschwunden sind, nur die Linde vor unserem Haus und bei den Nachbarn ist stehen geblieben. Darüber bin sehr froh, weil sie so schön duften und weil wir uns immer diese Dinger neben den Blüten auf die Nasen kleben und darüber lachen, weil wir so ulkig damit aussehen. Meine Eltern schimpfen über die Leute, die Holz klauen, aber ich bin lieber still, weil ich auch klaue. Ich trinke nämlich manchmal heimlich Milch aus der Kanne und fülle dann etwas Wasser nach, damit sie wieder voll ist und es niemand merkt, aber bei den Bäumen kann man nicht schummeln, die sind einfach weg.

In dem Winter, als ich zehn wurde, durfte ich unseren Ofen im Kinderzimmer heizen. Am Tag schmiss ich so viel Torf rein, dass der Ofen glühte und es ganz heiß wurde, aber nachts ging er dann doch aus, weil ich nicht wach bleiben konnte, selbst wenn ich es wollte. Aber das macht nichts, weil wir im Bett heiße Ziegelsteine haben, die mit einem Handtuch umwickelt sind. Das ist ganz gemütlich und Bärbel wünscht sich dann immer Geschichten, in denen ein Backofen vorkommt wie bei Hänsel und Gretel.

Ich darf jetzt immer auf den Ofen aufpassen, wenn ich aus der Schule komme, damit er nicht ausgeht. Aber noch lieber als das Heizen mag ich das Einkaufen, auch wenn es gar nicht so viel einzukaufen gibt. Manchmal, wenn mein Vater nicht zur Arbeit fährt, kann ich das Fahrrad nehmen und zum Lebensmittelladen oder zum Bäcker fahren und dort unsere Marken eintauschen. Einmal bin ich kopfüber über das Lenkrad gestürzt, als die Einkaufstasche, die ich vorn an den Lenker gehängt hatte, in die Speichen geriet. Da bin ich dann lieber zu Fuß zum Bäcker gelaufen, um das große Blech mit Streuselkuchen abzuholen, das der Bäcker für uns zum Geburtstag meiner Mutter gebacken hatte, weil es nicht in unseren Backofen passte. Wir freuten uns alle und außerdem kamen Großmutter, Großvater und Tante Dora zu Besuch. Nachher habe ich aber gedacht, es wäre doch besser gewesen, das Fahrrad zu nehmen, weil ich dann nämlich schneller zu Hause gewesen wäre. So aber dauerte es eine halbe Stunde und da fand ich die Streusel auf einmal so ungleichmäßig hoch. Als dann aber meine Mutter ganz entsetzt gerufen hat: »Wo sind denn die Streusel?«, habe ich erst gar nicht verstanden, was sie meinte, ich hatte doch immer nur ein bisschen genommen, damit der Kuchen gleichmäßiger aussieht. Ich weiß auch nicht, wie es passieren konnte, dass dann plötzlich alle Streusel weg waren.

Trotzdem finde ich das Einkaufen schöner als zuhause zu helfen. Ich räume nicht gern auf, ich wasche nicht gern ab, obwohl das noch etwas besser ist als das Abtrocknen, weil man wenigstens warme Hände kriegt. Was wir alle drei aber besonders gern machen, sind Bonbons in der Pfanne. Seit es lose Butter in Klumpen auf Marken gibt, dürfen wir Kinder manchmal davon nehmen und mit Zucker in der Pfanne so lange schmelzen, bis die Masse braun ist und auf einen Teller zum Abkühlen geschüttet werden kann. Das ist immer so aufregend, dass wir vergessen, die Pfanne abzuwaschen und wenn mein Vater sich Bratkartoffeln machen möchte und dann die angeklebten Reste in der Pfanne findet, schimpft er mit uns. Ich weiß auch nicht, warum wir es trotzdem immer wieder vergessen. Aber seit mein Vater gesagt hat: »Wenn ihr die Pfanne nicht gleich sauber macht, dann kriegt ihr das Fahrrad nicht mehr«, können zumindest Bärbel und ich es uns besser merken.

FLÖTE UND MESSER

An meinem elften Geburtstag habe ich zwei Bockwürste, eine Primel und eine Blockflöte bekommen. In der Schule erteilt die schöne junge Lehrerin Frau Klein Blockflötenunterricht. Evelyn und drei andere Mädchen aus meiner Klasse gehen zu ihr, weil sie schon eine Flöte besitzen. Dass ich jetzt auch mitmachen kann, damit hätte ich nie im Leben gerechnet. Tante Dora hat mir die Flöte geschenkt, sie hat nämlich zwei, braucht aber nur eine für ihre Schule. Frau Klein hat dicke braune Haare, die über ihren Rücken fallen. Ich möchte darüber streichen, weil sie so glänzen, traue mich aber nicht. Solche schönen Haare habe ich nicht, meine sind viel dünner und hören schon unter den Ohren auf. Meine Flöte hat auch eine braune Farbe und wenn man die Finger richtig auf die Löcher legt, dann kommen Töne heraus, die mich ein bisschen an die Vögel erinnern, die morgens im Garten so laut zwitschern, dass wir davon wach werden. Wir haben letzten Sommer das Grundstück nebenan, auf dem nur Kiefern und Gras wachsen, für ganz wenig Geld gepachtet. Mein Vater brachte dort eine Schaukel an und wenn Sommer ist und die Sonne scheint, sitzen wir dort bei Muckefuck und Kuchen. Wenn es Äpfel gibt, backt meine Mutter jeden Sonntag einen gedeckten Apfelkuchen und wenn es keine Äpfel gibt, einen Streuselkuchen. Sie will, ganz wichtig, dass wir am Sonntagnachmittag um vier Uhr nach Hause kommen und eine Familie sind, ganz gleich, ob wir noch mitten im Spielen sind oder lieber auf der Chaussee Rollschuhe laufen wollen. Ich finde es schwer, um Punkt vier am Kaffeetisch zu sitzen. Aber nach dem Kuchen spielen wir mit meinem Vater Rommé und erfinden selbst neue Spielregeln, damit das Kartenspielen spannender wird. Das ist fast so gut wie draußen spielen.

Seit ich die Blockflöte habe, ist mir, als sei jemand Neues in die Familie gekommen, der mitsprechen und mitspielen will, aber Sonja findet, ich soll mit der Flöte allein im Zimmer bleiben, wenn ich übe. Dabei ist sie doch im Chor und versteckt sich auch nicht mit ihrer Stimme im Zimmer, wenn sie singt. Ich war immer ganz traurig, dass ich noch nicht mitsingen durfte, aber als ich alle Lieder von Sonja gelernt hatte, habe ich versucht, auch in den Chor zu kommen. Ich habe ein Gedicht mit Reimen über den tollsten Chor der Welt geschrieben und es Herrn Behrens in den Briefkasten geworfen. Er hat es dem Chor vorgelesen, Sonja hat sich in Grund und Boden geschämt, aber den anderen hat es so gut gefallen, dass ich jetzt auch mitsingen darf. Ich singe die zweite Stimme und Sonja die erste. Das ist auch richtig so, denn sie ist die Ältere und ich bin die Jüngere. Jetzt können wir zweistimmig Lieder singen und da gehen der Abwasch und das Abtrocknen viel schneller vorbei.

Seit meine Großmutter gesagt hat: »Die Kinder sollten aufs Land verschickt werden, sie sind zu dünn«, mache ich mir Gedanken über dünn und dick. Dicke gibt es eigentlich gar nicht, sondern nur in Büchern mit Bildern, aber es gibt Dünne und Dünnere. Neulich, als ich in der Schule auf die Beine der langen Elfriede gezeigt und »dürr« gesagt habe, hat sie mich angefaucht: »Pass lieber auf deine eigenen Spargelbeine auf«, obwohl doch keiner uns weiß, wie Spargel aussieht. Im Spiegel von Großmutters Kleiderschrank habe ich dann gesehen, dass meine Beine tatsächlich so dünn wie Elfriedes Bohnenstangen sind, aber sie hören schneller auf als bei ihr und das fand ich dann doch beruhigend.

Großmutter hat sich ausgedacht, dass Sonja und ich von Verwandten in der Uckermark gemästet werden sollen. Sie bekommen dafür etwas von der Seide ab, die der Doktor Großmutter geschenkt hat. Dabei kennen wir die Leute, die unsere Verwandten sein sollen, gar nicht

»Und Bärbel?«, frage ich.

»Die ist noch zu klein«, heißt es.

Ich finde, ich bin auch noch zu klein.

»Aber nein«, sagt Großmutter, »mit elf bist du groß genug.«

»Das finde ich auch«, sagt Sonja, »was soll ich denn da sonst allein?«

Als Großmutter uns dann noch vor den Sommerferien mit dem Zug in das kleine Dorf zwischen riesigen Feldern und Wiesen bringt, ein paar Tage bleibt und dann wegfährt, gefällt es mir gar nicht, dass Sonja und ich auf zwei verschiedene Höfe verteilt werden. Jede kommt zu einem der beiden Brüder, die im Dorf einen Hof haben, der eine einen kleinen, der andere einen großen. Der, der den kleinen Hof hat, ist nett und zu ihm kommt Sonja. Zu dem Großbauern aber komme ich. Er hat im Stall viele Kühe, die mit den Ketten rasseln, wenn ein Bulle auf den Hof gebracht wird. An einem langen Tisch sitzen die Knechte und Mägde. Die Hausfrau verteilt das Essen und ihre beiden Töchter, die schon erwachsen sind und bunte Kopftücher tragen, helfen ihr dabei. Ich sitze zwischen ihnen und weiß nicht, was ich reden soll und keiner fragt mich was. Ich schlafe allein in einer Kammer und bin froh, wenn ein Tag vorbei ist.

In den ersten beiden Wochen muss ich noch in die Schule gehen, während Sonja frei hat, weil sie schon so groß ist und es dort keine richtige Schule für sie gibt. In einem Raum sind kleine und größere Kinder versammelt und der Lehrer erklärt uns Sachen, die ich schon weiß, aber ich habe schnell gemerkt, dass es besser ist, nichts zu sagen.

»Die kommt aus der Stadt«, sagen die anderen Kinder, »die bildet sich was ein.«

Ich verstehe die Kinder nicht richtig, sie liegen in der Pause immer übereinander, untereinander, durcheinander und ich stehe daneben.

Damit ich mich für das Essen, das ich bekomme, nützlich mache, werde ich in den Ferien auf die Wiese geschickt, um die Gänse zu hüten. Aber ich habe Angst vor dem Ganter, der mich immerfort anzischt.

»Hör zu, Kleine«, sagt der Bauer zu mir, »das ist ganz einfach. Du packst den Ganter am Hals und schleuderst ihn ein paar Mal um dich herum. Du wirst sehen, der wird dich nie wieder angreifen.«

Er kommt mit mir auf die Wiese und führt es mir vor. Aber als er weg ist, traue ich mich nicht, es ihm nachzumachen, denn nachdem sich der Ganter von seinem Schrecken erholt hat, merkt er, dass ich nicht der Bauer bin und kommt genau so wie vorher auf mich zu. Aber dann weicht er doch zurück, als ich meinen Mut zusammen nehme und mit dem Stock auf ihn losrenne. Ich habe die Gänse im Auge, wenn ich mich an den Wiesenrand setze und meine Flöte oder ein Buch hervorhole, damit die Zeit schneller vergeht. Oder ich gehe ins Mohnfeld, öffne Kapseln, schütte den schwarzen Samen in meine Hand und lecke ihn auf.

Als die Bäuerin merkt, dass ich beim Gänsehüten Flöte spiele und lese, muss ich Flöte und Buch abliefern und nun ist es so richtig langweilig, den ganzen Tag auf der Wiese zu sitzen und die blöden Gänse anzustarren. Es wird etwas besser, als ich Kühe hüten muss. Um mir die Zeit zu vertreiben, ziehe ich die Kühe am Schwanz, damit sie losrennen und mich hinter sich her ziehen. Die Butter, die aus ihrer Milch gemacht wird, ist ganz weiß und schmeckt fad. Ich möchte lieber von den Äpfeln essen, die in einer Kammer liegen, aber die müssen für den Winter aufgehoben werden.

Die Kinder des Großknechtes, die mit mir zur Schule gegangen sind, finden mich und meine Flöte blöd. Einmal schälen wir gemeinsam Kartoffeln und geraten so sehr in Streit, dass wir uns zu prügeln beginnen. Ich rufe noch: »Küchenmesser weglegen!«, aber da steckt auch schon eines in meiner Hand. Alle sind erschrocken und ich starre auf meine Hand, aus der das Blut tropft. Seitdem geht es mir gut. Die Wunde ist geklammert worden und ich muss in der guten Stube auf dem Sofa liegen, damit sie heilt. Ich bekomme jeden Tag Äpfel, muss die Gänse und Kühe nicht mehr hüten und Sonja darf mich besuchen kommen. Aber ich habe trotzdem Heimweh und langweile mich. Am liebsten würde ich nach Hause schreiben, dass sie mich abholen sollen, aber ich traue mich nicht und außerdem ist meine Hand verbunden. Ich glaube aber, dass Sonja etwas geschrieben hat, denn Großmutter kommt nicht erst nach sechs, sondern schon nach vier Wochen und holt uns ab.

Sonja ist braungebrannt und hat rote Wangen, ich aber bin ganz dünn geblieben.

GELD

Schon wieder gibt es ein unbekanntes Wort. Immer, wenn plötzlich ein neues Wort auftaucht, passiert auch etwas Neues in unserem Leben. Das Wort heißt ›Währungsreform‹ und bedeutet, dass es mit einem Mal neues und unterschiedliches Geld gibt. Die Menschen im französischen, britischen und amerikanischen Sektor haben eine andere Sorte Geld als wir in der sowjetisch besetzten Zone. Den Unterschied merkt man besonders am Hartgeld. Unseres ist aus Aluminium, das aus dem Westen aus Kupfer, Messing und Silber. Wenn wir für unser Geld eine Westmark haben wollen, müssen wir fünf Ostmark hinlegen. Im Westen gibt es jetzt viel mehr zu kaufen als bei uns. Die Läden sind voller schöner Sachen, die wir bisher noch nie gesehen haben. Sonja und ich haben gelacht, als Bärbel in eine Banane gebissen und das Gesicht verzogen hat, weil das so bitter schmeckte. Sie hat nicht gewusst, dass man sie schälen muss. Wir wussten das bis dahin auch nicht, haben es uns aber nicht anmerken lassen.

Einmal im Vierteljahr ist bei uns ein Festtag. Dann kommt nämlich ein Paket aus Westdeutschland von Tante Else und darin sind ganz herrliche Sachen. Meine Mutter freut sich am meisten über den Kaffee, aber Sonja, Bärbel und ich lieben die Schokolade, die so ganz anders schmeckt als die Schokolade bei uns im Osten. Ich schreibe dann immer an Tante Else. Ich gebe mir besondere Mühe, weil sie so nett zu uns ist, obwohl sie uns doch seit Ewigkeiten nicht gesehen hat. Mein Vater und sie aber können sich noch gut aneinander erinnern und schreiben sich andauernd Briefe.

Weil mein Vater als Vertreter mit seinem Fahrrad in Westberlin von einer Kneipe zur anderen fährt, haben wir für wenig Westgeld eine ganze Menge Ostgeld. Mein Vater fährt viel Fahrrad, um das Geld zusammen zu bekommen und kommt erst abends nach Hause, wenn wir schon im Bett liegen. Mittwoch ist ein besonderer Tag, denn da bekommt er seinen Verdienst ausbezahlt. Wir warten dann schon darauf, dass er leise die Tür zu unserem Zimmer öffnet und uns im Dunklen etwas aufs Bett wirft. Immer hoffen wir, dass es die Sahnebonbons sind, die wir am liebsten mögen, nämlich die himmlisch schmeckenden ›Storcks Riesen‹. Das interessiert uns mehr als der Fisch und die Margarine, die meine Mutter vom Markt aus dem Westen mitbringt. Der Markt hat ihr so gut gefallen, dass sie von der S-Bahn weggegangen ist und dort jetzt an zwei Tagen in der Woche Brot und Brötchen verkauft und gelernt hat, ihre Ware laut anzupreisen. Sie hat uns erzählt, dass sie immer rufen muss »Frische Schrippen!« und dass sie nie gedacht hätte, dass sie so was könne. Aber eigentlich müsste sie das von sich aus gut können, denn sie ruft ja auch »Kommt rein, es gibt Essen!«, wenn wir gerade draußen so schön spielen und zurückrufen »Gleich!« und sie dann antwortet: »Nicht gleich, sondern sofort!« So verdient sie jetzt durch Rufen wenigstens Geld. Sie verteilt es in Umschläge, auf denen steht ›Miete‹, ›Essen‹, ›Kleider‹, ›Torf‹ und wenn sie mit dem Geld aus einem Umschlag nicht auskommt, dann borgt sie sich was aus einem anderen. So schiebt sie es hin und her. Meine Großmutter macht das anders. Sie verschließt mit einem Schlüssel die rote Geldkassette, damit Großvater das Geld, das er nach Hause bringen soll, nicht in der Kneipe lässt und öffnet sie immer dann, wenn etwas gebraucht wird. Manchmal öffnet sie sie auch für uns, wenn wir zum Beispiel ein Paar Schuhe brauchen. Dann geht sie mit uns in den Westsektor zum Einkaufen, denn die Schuhe aus dem Westen sind aus Rindsleder und haben eine helle Kreppsohle, auf der es sich wie auf Moos geht, während die Schuhe aus dem

Osten aus Schweinsleder sind, knarren und an den Fersen scheuern.

Ich habe meine Großmutter gern und darum ist es so schlimm, dass ich ihr nicht mehr in die Augen sehen kann, seit ich sie beklaut habe. Sie hatte nämlich ihre rote Geldkassette offen gelassen, als es an der Tür klingelte und ehe ich wusste, wie mir geschah, hatte ich auch schon einen Geldschein herausgenommen, hielt ihn erst in der Hand und steckte ihn, als ich Schritte hörte, schnell in die Tasche. Ich habe es gleich bereut und mich geschämt, aber ich traute mich nicht, ihn wieder rauszuholen und ihr zu geben. Lieber behielt ich das Geld und war ein ganz schlechter Mensch. Ich hatte gesehen, dass am Alexanderplatz ein großer HO-Laden eröffnet worden war, da gab es Sachen, die wir sonst nicht zu sehen bekamen. Ich stellte mich in die lange Schlange und als ich endlich dran war, bekam ich eine Schachtel Kekse für das Geld. Ich schlich nach Hause und versteckte sie unter dem Bett. Ich wollte die Kekse mit meinen Schwestern teilen, aber es ging nicht, solch eine große Sache würden sie nicht bei sich behalten können. Da habe ich die Kekse allein aufgegessen, aber es hat überhaupt keinen Spaß gemacht. So ein Geldschein ist einfach eine Nummer zu groß für mich. Wenn ich meiner Mutter ab und zu ein bisschen Kleingeld aus dem Portemonnaie nehme und mir etwas zum Lutschen kaufe, schmeckt es wenigstens. Ich weiß, das ist auch nicht richtig, aber ich werde später alles zurückzahlen, das habe ich mir fest vorgenommen.

PETERSILIENSUPPENKRAUT

In Glienicke gibt es mitten im Ort einen Teich und einen Bauernhof. Daran kann man erkennen, dass Glienicke mal ein Dorf war, auch wenn wir keine Dörfler, sondern Städter sind, im Unterschied zu Hannes, der von dem Hof stammt und in den Sommerferien auf dem Feld arbeitet, das am Rand des Ortes liegt, dort wo die Wiesen und der Kiefernwald beginnen. Er geht in die Nachbarklasse und ich schaue in der Pause heimlich dorthin, wo er mit den anderen Jungen steht. Er ist ganz braungebrannt und seine blonden Haare sehen aus wie das Stoppelfeld im Sommer.

»Petersiliensuppenkraut wächst in unserm Garten, unsre Lily ist die Braut, soll nicht länger warten«, singen die Mädchen aus meiner Klasse, die sich an den Händen gefasst haben und auf mich zugehen. Und wenn dann der Name des Bräutigams gerufen wird, geht ein solches Gekreische los, dass die Jungen auf der anderen Seite des Schulhofes zu uns herüberschauen. Ich weiß nicht, ob sie die Namen hören, die gerufen werden, aber wenn der Name ›Hannes‹ fällt, dann möchte ich am liebsten davon rennen, wenn das nicht noch verdächtiger wäre.

Aber es kommen auch die anderen dran, bei denen man einen Verdacht hat und dann kann ich auch Namen rufen und zusehen, wie Evelyn und Helga und Marianne in den Boden versinken möchten.

Das ist aufregender als der Unterricht, sogar aufregender als der bei Fräulein von Böhlendorf, die einen Buckel hat und ein Kissen auf den Stuhl legen muss, damit sie über das Pult schauen und uns beobachten kann. Sie gibt uns in der fünften Klasse Russischunterricht. Wenn wir zu ihr sagen: »Sie singen so schön, können Sie uns nicht ein Lied vorsingen?«, singt sie russische Lieder und merkt gar nicht, dass wir sie hopp nehmen. Fräulein von Böhlendorf hält immer ein langes Lineal in der Hand, das sie wippen lässt, wenn sie durch die Bankreihen geht. Wenn eine keine Vokabeln gelernt hat, muss sie die Hände auf den Tisch legen und es gibt was auf die Finger. Aber wir sind schneller als das Lineal. Wenn es heruntersaust, sind die Finger schon längst weggezogen, das Lineal knallt auf den Tisch und wir lachen. Leute mit einem ›von‹ vor dem Namen haben etwas an sich, das einen reizt sie zu ärgern. Wenn Fräulein von Böhlendorf russische Wörter und Sätze an die Tafel schreibt, zerkrümeln wir hinter ihrem Rücken bunte Kreide und Marianne mit den blonden Zöpfen und den vorstehenden Zähnen, die in der ersten Reihe sitzt, streut sie auf ihr Sitzkissen. Danach schauen wir auf die Tafel, als sei nichts gewesen und nachdem sie sich hingesetzt hat, heben wir brav die Finger. Wenn sie zur Tür geht, halten wir die Luft an und sobald sie draußen ist, prusten wir los. Wenn wir besonders gemein sind, dann malen wir uns aus, wie der Sarg von Fräulein von Böhlendorf aussehen muss, damit ihr Buckel hineinpasst und der Deckel zugeht. Sie heißt Fräulein, weil sie keinen Mann abgekriegt hat.

In Glienicke wohnen ein Mann und eine Frau, die beide klein, bucklig und freundlich sind, eine Schneiderwerkstatt und drei Kinder haben, die alle gerade gewachsen sind und sich gar nicht für ihre Eltern schämen. Darüber muss ich immer wieder staunen und irgendwie ist es mir auch unheimlich, denn wenn ich mir vorstelle, meine Mutter und mein Vater wären bucklig, dann weiß ich nicht, ob mir das egal wäre. Ich glaube, ich würde dann sagen: »Meine Mutter hat aber auch große blaue Augen und mein Vater ist klug und witzig.« Sozusagen zum Ausgleich. Fräulein von Böhlendorf könnte vielleicht auch einen Mann finden, wenn sie netter wäre, aber vielleicht sind die buckligen Männer im Krieg gefallen und darum ist sie so komisch geworden, dass man immer denkt, man muss sie ärgern. Ein bisschen tut sie mir auch leid denn sie kann ja nichts dafür, aber sie reizt uns trotzdem immer wieder, gemein zu sein und auszuprobieren, ob wir schneller und schlauer sind als sie.

In meiner Klasse haben die Mädchen einen geraden Rücken, auch wenn sie manchmal die Schultern hängen lassen oder krumm in der Bank sitzen. Aber wenn meine Mutter zu mir sagt: »Geh gerade!« dann schaue ich doch schnell auf die Uhr, ob es nicht zwölf ist, denn wenn es zwölf schlägt, dann bleibt man für das ganze Leben so krumm wie in diesem Moment. Wir messen am Türrahmen, wie groß wir sind und verfolgen die Striche, die jedes Mal etwas weiter nach oben rutschen. Ich möchte aber nicht so groß sein wie Elfriede, die einmal Briefträgerin werden will, einen Kopf größer und beim Turnen immer die erste in der Reihe ist. Denn es sieht nicht schön aus, wenn die Frau größer ist als der Mann. Bei den Jungen steht Hannes in der Mitte, genau wie ich bei den Mädchen, aber er ist trotzdem größer, das sehe ich auch so, obwohl ich noch nie neben ihm gestanden habe.

Am Ende der Jungenschlange stehen zwei hässliche Jungen mit Brille, die sich so ähnlich sehen, dass man nicht unterscheiden kann, wer

wer ist. Einer von den beiden hat herumerzählt, dass ich mit ihm gehe. Ich habe in den Spiegel geschaut und gefragt: Warum kommt einer wie er auf so eine Idee? Ich bin nicht so hübsch wie Sonja, die schon als Baby so süß aussah, dass ein Fotograf ganz umsonst Bilder von ihr machen wollte. Aber mein Vater hat mir erzählt, dass sein Freund Fritz beobachtet habe, wie ich als ganz kleines Mädchen in der Straßenbahn immer die Männer anlächelte und dass er damals prophezeit habe, ich würde später einmal den Männern den Kopf verdrehen, aber was nutzt mir das, wenn es solche Miesepeter sind wie der eine Zwilling, der außerdem noch Alfons heißt. Evelyn hätte den auch nicht gern zum Freund und bei ihr ist das sowieso sonnenklar, weil sie eine richtige Schönheit ist. Da habe ich gedacht: dem zahle ich es heim.

Ich weiß, dass die Zwillinge immer die Chaussee entlang geradelt kommen, wenn sie von der Schule nach Hause fahren. Als ich Alfons kommen sah, habe ich mich auf die Straße gestellt, ihn gestoppt, vom Fahrrad gezogen, beschimpft und verdroschen. Der wusste gar nicht, wie ihm geschah. Jetzt weiß ich auch warum, es war der falsche Zwilling. Aber hoffentlich sagt er es dem richtigen weiter.

KINDERCHOR

Seit Hannes in den Chor gekommen ist und auf der anderen Seite bei den Jungenstimmen steht, ist alles so aufregend geworden, dass ich ganz durcheinander bin und mich wundere, dass ich die zweite Stimme überhaupt noch halten kann. Aber der Stimme scheint es ebenso wie der Blockflöte egal zu sein, wie ich mich fühle, sie tun so, als gebe es mich nicht und klingen immer gleich.

Auf dem Schulhof sind anfangs kleine Steine vor meine Füße geflogen und ich wusste auch ohne hinzuschauen, dass sie aus der Jungenecke kamen.

Und dann ist der Tag gekommen, an dem wir ein Chorkonzert in dem Tanzsaal der Dorfkneipe von Glienicke gaben und Hannes auf mich gewartet und gefragt hat, ob er mich nach Hause bringen dürfe. Und weil Sonja schon mit anderen Mädchen aus ihrer Klasse voran gegangen war, habe ich genickt und er hat seinen Arm um meine Taille gelegt. Wir sind zusammen die Chaussee hinaufgegangen, dann am Friedhof nach rechts und dann wieder nach links eingebogen, bis wir vor unserer Tür angekommen sind. Ich habe schnell gemerkt, dass wir nicht allein waren, sondern dass sein Bruder und ein paar anderen Jungs uns etwas entfernt wie ein Gefolge begleiteten. Wir sind schweigend nebeneinander hergegangen, ich fühlte den Arm um meine Taille liegen und schaute manchmal verstohlen zur Seite, um sein Gesicht zu sehen. Es war so neu und überraschend, dass Hannes, den ich immer nur aus der Ferne gesehen hatte, nun so ganz nahe war, dass ich kein Wort heraus brachte. Zum Abschied gab er mir einen Kuss auf die Wange und zog mit den anderen Jungs davon. Die sind jetzt Zeuge, dass wir miteinander gehen. Ich aber habe es niemanden erzählt, auch Sonja nicht, obwohl sie doch die erste ist, die es merken wird. Wie soll ich auch erklären, wie ich mich fühle, ich weiß es ja selbst nicht richtig. Ich finde es aufregend, dass Hannes mich ausgewählt hat und wenn ich es auch etwas merkwürdig finde, dass die anderen Jungen uns begleiten, so ist es mir doch auch recht, dass wir nicht ganz allein sind. Bei Sonja ist das etwas anderes. Ich stand ganz zufällig hinter einem Baum, als ich gesehen habe, wie Klaus, der Sohn unseres Chorleiters, Sonja auf den Mund geküsst hat. Beide waren ganz allein, da war niemand außer ihnen und natürlich mir, aber das wussten sie ja nicht und ich habe es

Sonja auch nicht erzählt. Wie das wohl ist, so ein richtiger Kuss?

Jeder Dienstag, an dem sich unser Chor trifft, fühlt sich jetzt an, als sei er prall mit Luft gefüllt und könnte jeden Moment platzen.

Sonja hat schon ihre Tage und jetzt hängen bei uns im Garten noch mehr solche weißen schmalen Tücher, die meine Mutter vorher in einem mit Wasser gefüllten Waschkessel auf dem Herd gekocht hat, auf der Leine. Wie viele sollen es erst werden, wenn es mal bei mir und bei Bärbel losgeht? Evelyn, Marianne und ich schauen uns auf dem Mädchenklo gegenseitig in unsere Schlüpfer und unter die Achseln, ob uns da auch solche Haare wachsen, wie ich sie bei Sonja gesehen habe. Bisher gehörten die immer zu den Erwachsenen, aber jetzt kommen sie näher und näher und Sonja hat den Anfang gemacht. Aber bei uns tut sich noch gar nichts außer einer kleinen Wölbung unter der Bluse. Mein Vater sagt jetzt öfter den Spruch auf: »Ein Mädchen ist schwerer zu hüten als ein Sack Flöhe« und hat Sonja verboten, mit Klaus zelten zu gehen. Mir ist es recht, denn dann können wir weiter zweistimmig beim Abwaschen und Abtrocknen singen. Besonders gern singen wir ›Schöne Minka, ich muss scheiden, ach du fühlest nicht das Leiden, fern auf freudelosen Heiden, fern zu sein von dir.‹ Dabei fühlt Minka das bestimmt. Das findet Sonja auch, weil Klaus allein zelten gefahren ist und ich merke es an den Tagen, an denen nicht Dienstag ist.

TEUFELSBRATEN

Vielleicht ist es die Strafe dafür, dass ich genascht habe, dass ich den falschen Zwilling verhauen habe, dass ich bei den Verwandten auf dem Land dünn geblieben bin, dass ich Sonja an den Haaren ziehe und Bärbel an der empfindlichsten Stelle am Oberarm kneife, dass ich die Bonbons in der Pfanne ankleben lasse und immer zu spät am Sonntagnachmittag zum Kaffee komme – jedenfalls ist ein Baumstamm, auf dem ich beim Spielen herumgeturnt bin, unter meinen Füßen weggerollt. Ich bin so heftig auf meinen linken Arm gestürzt, dass er gebrochen ist und ich genau wie vorher mein Vater ins Krankenhaus im französischen Sektor gekommen bin, wo der Arm erst geschient und dann eingegipst wurde. Ich musste ein paar Tage im Krankenhaus bleiben, umgeben von vielen alten Frauen, die sich freuten, dass ich in ihrem Zimmer lag und sie an ihre Enkel erinnerte.

Vielleicht ist es auch die Strafe dafür, dass ich in der Bibelstunde, wenn ich an die Reihe komme, immer von einem Gähnkrampf überfallen werde und überhaupt nicht aufhören kann zu gähnen. Ich will das gar nicht. Aber jemand reißt mir den Mund auf und zwingt mich dazu. Mir ist das richtig unheimlich, aber ich kann es nicht ändern, vielleicht ist der Teufel hinter mir her. Ich springe abends immer ins Bett, falls er darunter liegt und nach meinen Füßen greifen will. Wenn das die alten Frauen im Krankenhaus wüssten, hätten sie mich sicher ›Teufelsbraten‹ und nicht ›Sonnenschein‹ genannt.

Als ich aus dem Krankenhaus nach Hause kam, stand im Wohnzimmer das Klavier von Großvater. Er hatte es zu uns bringen lassen, weil er wusste, dass ich Musik gern habe. Da habe ich mich so gefreut, dass alle Schmerzen vergessen waren und er jetzt der beste Großvater der Welt ist. Da habe ich auch fast vergessen, was Sonja mir erzählt hat, dass nämlich, während ich im Krankenhaus lag, Hannes eines Tages Marie aus der siebten Klasse den Arm um die Taille gelegt und sie nach Hause gebracht hat, gefolgt von den anderen Jungen. Sie ist klein, hat kurze dunkle Haare und ist schon dreizehn. Ich hätte nicht gedacht, dass er mit so einer Alten gehen würde, aber vielleicht gefällt sie ihm besser, weil sie so klein ist, während ich in letzter Zeit gewachsen und ein bisschen größer geworden bin als er. Das hätte mich früher gestört, aber jetzt finde ich es gar nicht mehr so schlimm. Es ärgert mich, dass er einfach zu einer anderen übergewechselt ist. Aber geredet hat er ja sowieso nie. Immer wenn ich jetzt in den Chor gehe, habe ich die beiden vor Augen, aber Sonja hat gesagt: »Den Gefallen tust du ihm nicht und gehst aus dem Chor.«

Deshalb kommt es mir gerade recht, dass ich jetzt, nachdem mein Arm verheilt ist, Klavierstunde bekommen soll. Die Klavierlehrerin wohnt in Frohnau und damit meine Eltern die Stunde bezahlen können, müssen sie richtig sparen, um das Westgeld zusammen zu bekommen. Seit wir Großvaters Klavier haben, spielt mein Vater darauf und begleitet mich zur Flöte. Ich finde es schön, dass ich etwas habe, das ich ganz allein mit ihm teilen kann, denn es ist gar nicht einfach, ihn für sich zu haben, weil wir uns alle um ihn reißen und er nur zwei Arme hat, in die man sich einhaken kann. Und seit uns neulich eine kleine Hündin, so eine Promenadenmischung, zugelaufen und bei uns geblieben ist, ist er nun von fünf weiblichen Wesen umgeben. Da kann er einem schon leid tun. Er fährt bei jedem Wetter in den Westsektor von Kneipe zu Kneipe, um diese Schnapsdosierer zu verkaufen und ist nie schlecht gelaunt. Dass er mal im Gefängnis und dann in einem Russenkeller gesessen hat, scheint er vergessen zu haben oder er spricht nicht gern über das, was vergangen ist. Vielleicht will er seine Ruhe haben und sich im Garten mit den Kiefern und den vielen Eichhörnchen in die Sonne setzen, auf dem Kopf anstelle eines Hutes ein Taschentuch mit einem Knoten an jeder Ecke. Wenn ich größer bin, wird er mich vielleicht für voll nehmen und mir alles erzählen. Ich erzähle ihm aber auch nicht, dass Hannes mit einer anderen geht. Falls Sonja dicht gehalten hat, weiß er nicht einmal, dass es einen Hannes überhaupt gegeben hat. Vielleicht spricht jeder nicht gern über die Sachen, bei denen er eine Niederlage erlitten hat.

KLINGELTOUR

Die Nummer an unserem Haus ist aus Emaille und wenn man sie mit einem Tennisball trifft, dann knallt und scheppert es so, dass niemand das ›Ping‹ überhören kann. Nicht die blonde Marianne, die dunkle Evelyn oder die stupsnasige Helga, aber auch nicht Matze und Helmut, die Jungen von nebenan und schon gar nicht mein Vater und meine Mutter, die am Sonntag Mittagsschlaf halten, während wir auf der Straße spielen. Wir stehen in einer Reihe hintereinander und wer ganz vorn steht, hat drei Würfe, um die Nr. 19 zu treffen und sie knallen zu lassen. Wenn er es geschafft hat, dann rennen alle bis auf den, der hinter dem Ersten steht, mit Geschrei auseinander, möglichst weit weg von dem Zweiten, der den Ball fangen und dann »Halt!« rufen und einen von uns mit dem Ball treffen muss. Es ist gar nicht so einfach zu treffen, denn alle laufen schnell so weit weg wie möglich, weil der Ball so hart ist. Wer getroffen wird, hat verloren und muss als Nächster auf die Nr. 19 zielen. Bis mein Vater zur Tür herauskommt und vorwurfsvoll sagt: »Müsst ihr denn immer in unserer Mittagsruhe so laut sein?« Ich weiß auch nicht warum, aber wir müssen das.

Nach dem Mittagessen macht es am meisten Spaß, weil alle froh sind, vom Tisch aufstehen zu können und zu uns zum Spielen zu kommen. Mein Vater findet, es könnte ja auch mal woanders sein, aber wir haben die Hausnummer, die am schönsten knallt. Mein Vater mag es nicht, wenn wir so laut sind und er aus dem Schlaf gerissen wird. Deshalb dürfen wir auch keine Klingeltouren mehr machen, obwohl die eigentlich das Beste von allen Draußen-Spielen sind. Das ist doch spannend: du klingelst irgendwo Sturm, läufst weg und beobachtest aus der Ferne, wie jemand rausgeschlurft kommt und sich wundert, dass niemand da ist. Dieses Wundern und Kopfschütteln und ins Haus Zurückkehren, das ist so, als würde ein Stück aufgeführt, nur dass wir nicht klatschen dürfen, sonst würden wir entdeckt. Das ist fast so gut wie ein Portemonnaie an einem langen Bindfaden auf die Straße legen, sich verstecken und es in dem Moment zurückziehen, wenn sich jemand bückt, um es aufzuheben. Und dann das enttäuschte Gesicht, weil das Geld wieder weg ist. Aber mein Vater findet das gar nicht so lustig wie wir.

Neulich hat er mich reingeholt, »Setz dich da hin, ich will dir mal etwas sagen und du sollst gut zuhören.« Und da haben wir dann an dem kleinen Tisch mit dem eingelegten Elfenbeinbildern gesessen, er auf der einen Seite, ich auf der anderen. »Ich will, dass ihr mit den Klingeltouren aufhört. Es ist schon oft vorgekommen, dass bei jemandem geklingelt wurde und das nicht aus Spaß. Du weißt, es wurden immer wieder Leute abgeholt, die dann nicht wiedergekommen sind.«

Ich denke, jetzt wird er über damals sprechen, als wir noch nicht geboren waren und in unserer Wohnung die Blumen standen, die die Leute dem Hitler zugeworfen hatten.

Als er uns das neulich beim Apfelkuchen erzählt hat, waren wir ganz begeistert und haben uns all die Blumen vorgestellt. Bärbel wollte es ganz genau wissen, weil sie sich auf dem Nachbargrundstück, das wir gepachtet haben, ein Beet für Blumen angelegt hat, aber in dem Sandboden will nichts so recht wachsen.

»Du hast den Hitler persönlich gekannt?«, haben wir gefragt und waren ganz platt.

Aber er hat abgewehrt: »Das war alles vor eurer Zeit.«

»Du kannst ihnen ruhig sagen, dass du damals für seine Sicherheit zuständig warst«, hat Mutter gemeint.

Was sollte denn das heißen? Ich habe gar nichts verstanden.

»Das ist doch klar«, hat mich Sonja angeblafft, »er musste aufpassen, dass ihm nichts passiert.«

Ich verstand es trotzdem nicht.

»Warum hat er dich dann eingesperrt?«

»Das war später«, sagte Mutter, »als wir schon in der Tschechoslowakei gewohnt haben.«

Ja, daran erinnerte ich mich noch, ich sah das große Haus und den Garten vor mir, aber mehr wusste ich eigentlich nicht, außer dass dann die schwarzen Stiefel kamen.

»Sie haben ihn wegen Judenbegünstigung angeklagt«, sagte meine Mutter.

»Ich möchte nicht, dass ihr das rum erzählt.« brach mein Vater das Gespräch ab.

Aber jetzt könnte er doch endlich mal diesen Wortbrocken aus 17 Buchstaben erklären. ›Judenbegünstigung‹. Aber nein, darum geht es ihm jetzt nicht, darüber will er nicht reden.

»Du weißt, dass seit neuestem in der Wohnung über uns ein Volkspolizist wohnt und dass die Leute aufhören zu reden, wenn seine Frau in den Laden um die Ecke kommt, weil sie Angst haben, was Falsches zu sagen.«

Ja, das weiß ich, das habe ich auch schon gemerkt, wenn ich einkaufen gegangen bin, aber ich frage mich, ob mein Vater nicht übertreibt, wenn er denkt, dass damals und heute dasselbe ist. Wir haben in Geschichte gelernt, dass damals die Faschisten an der Macht waren und jetzt die Antifaschisten regieren, die nichts mit damals zu tun haben. Das war alles, was wir gelernt haben und darum weiß ich auch gar nichts über die Faschisten und warum es Krieg gegeben hat. Vielleicht kommt das erst in einer höheren Klasse dran. Und ich verstehe auch nicht, warum mein Vater uns verboten hat, zu den Jungen Pionieren gehen.

»Haltet euch von der Politik fern«, sagt er immer und will nicht, dass wir ein blaues Halstuch tragen. Er will auch nicht, dass wir mit unserer Sportlehrerin Frau Meyer im Wald zelten und Schnipseljagd spielen. Aber dass wir bei ihr im Musikunterricht Lieder lernen und zur Gitarre singen, kann er nicht verhindern.

›Bau auf, bau auf, freie deutsche Jugend bau auf‹ kann ich schon singen und ›Auferstanden aus Ruinen und der Zukunft zugewandt‹ müssen sowieso alle lernen, weil wir nicht mehr ›Sowjetische Besatzungszone‹, sondern ›Deutsche Demokratische Republik‹ heißen. Aber Großmutter und Großvater sagen, sie seien zu alt, um eine neue Nationalhymne zu lernen, sie hätten genug von Nationalhymnen, und auch Tante Dora, die noch ziemlich jung ist, will sie nicht lernen.

Herr Gabriel hat uns erklärt, wir sollten lieber tüchtig Deutsch und Rechnen lernen, weil man das immer brauche, egal ob man in der Deutschen Demokratischen Republik oder im Westen wohne.

SCHAUKEL MIT ÜBERSCHLAG

Es passieren Sachen – ich weiß gar nicht, wo oben und unten, hinten und vorn ist.

Es fing damit an, dass die blonde Marianne eines Tages erzählte, sie wechsele immerfort den Schlüpfer und es höre trotzdem nicht auf zu bluten, sie habe sogar das Gefühl, dass es schlimmer werde, wenn sie die Schlüpfer wechsele, das Blut laufe dann nämlich die Beine hinunter, aber sie traue sich nicht, es ihrer Mutter zu erzählen. Evelyn, Helga und ich standen ganz dicht mit ihr auf dem Schulhof zusammen, als sie uns fragte, was sie tun solle. Ich sagte, sie solle solche schmalen Tuchstreifen nehmen, wie Sonja sie alle vier Wochen in ihre Schlüpfer legt, damit ganz geheimnisvoll tut und nicht darüber spricht. Dabei ist sie doch sonst nicht so. Sie bringt mir sogar das Tanzen bei, das sie in Berlin in der Tanzschule lernt. Meine Großmutter hat ihre rote Geldkassette aufgeschlossen und ihr einen Tanzkurs spendiert. Sie ist ja auch schon sechzehn und bald mit der Schule fertig. Sie schläft jetzt öfter bei Großmutter, weil sie in Berlin in eine Schule geht, in der sie die Mittlere

Reife machen kann, während unsere Schule in Glienicke nach acht Schuljahren zu Ende ist. Und weil es immer so lange dauert, bis sie mit dem Bus wieder in Glienicke ankommt, darf sie bei Großmutter wohnen und kommt nur am Wochenende zu uns raus. Ich vermisse sie. Wenn sie da ist, singen wir immer zweistimmig, aber wenn es um ihre Schlüpfer geht, dann ist es so, als ob sie am anderen Ufer eines Flusses steht und es keine Brücke hinüber gibt. Dort ist jetzt auch Marianne angekommen, sie gehört wie Sonja nicht mehr zu uns. Wenn ich sie ansehe, kommt sie mir vor wie ein neuer Mensch. Aber ich erzähle ihr trotzdem, was ich auf der Leine gesehen habe und dass sie sich ein Kopfkissen oder ein Laken suchen soll, das sie auseinander reißen kann. Aber erstmal muss sie nach Hause gehen, sie kann doch nicht so aus der Pause in die Klasse zurück kommen, sie hat hinten am Rock schon einen dunklen Fleck und wenn sie sich dann auf die Bank setzt, dann wird er noch größer und der Sitz ist dann vielleicht rot, wenn sie aufsteht und dann werden die anderen Mädchen aufschreien und Herr Gabriel wird es merken. Ihm kann man es nicht sagen, er ist ein Mann und hat uns schon neulich rot werden lassen, als er ein Beispiel für das Wort ›Kleidung‹ suchte und mit einem Mal ›Leibchen‹ sagte. Was geht es ihn an, was wir unter unseren Kleidern tragen?

»Du bist Klassensprecherin«, sagt Marianne, »könntest du ihm nicht klar machen, dass mir schlecht geworden ist und ich nach Hause gegangen bin?«

Nein, das geht nicht, ich weiß es, man kann nicht einfach aus der Schule verschwinden, man muss zum Lehrer hingehen und sagen: »Mir ist so schlecht, kann ich nach Hause gehen?«

»Nein, das kann ich nicht, ich schäme mich so.« Marianne stehen die Tränen in den Augen.

Weil sie so unglücklich ist, warten wir gemeinsam vor der Klassentür, bis Herr Gabriel in seinem dunklen Anzug, den angeklatschten Haaren und dem Stapel Hefte unter dem Arm den Flur entlang kommt. Helga und Evelyn stellen sich so, dass sie den dunklen Fleck auf dem Rock verdecken, ich aber gehe auf ihn zu, weil ich Klassensprecherin bin.

»Marianne ist so schlecht, dürfen wir sie nach Hause bringen?«

»Was, alle drei?«, fragt er.

Wir nicken, er schaut Marianne, die zur Erde blickt, prüfend an. Dann wendet er sich an Helga und Evelyn.

»Zwei reichen, bringt sie nach Hause und dann kommt zurück, aber nicht trödeln.«

Haben die es gut. Ich muss helfen, die Klassenarbeiten auszuteilen, die besten liegen immer oben und dann kommen die anderen und zum Schluss die schlechtesten. Meine Arbeit liegt irgendwo in der Mitte.

»Du redest in letzter Zeit zu viel mit deiner Nachbarin«, sagt er zu mir, »du warst im Rechnen schon mal besser.«

Es gibt aber doch soviel zu bereden, so auch in der nächsten Stunde, als Helga und Evelyn zurückkommen und Evelyn mir zuflüstert: »Ihre Mutter war an der Tür. ›Ach Gott!‹ hat sie gerufen, ›bist du jetzt auch dran?‹ und dann hat sie sie ins Haus reingezogen und nicht mal ›danke‹ zu uns gesagt. Jetzt kann sie nicht mehr bei der Schaukel mit Überschlag mit machen.«

Da hat Evelyn Recht. Es gibt Schaukeln, in denen man allein oder zu zweit stehen kann Marianne hat den Überschlag immer allein geschafft, während Evelyn und ich zwar immer höher hinauf schaukelten bis kurz vor dem Überschlagen, aber dann im letzten Moment bekam entweder die eine oder die andere weiche Knie, sackte leicht ein, bremste dadurch die Schaukel und verhinderte den Überschlag. Marianne ist viel mutiger als wir. Manchmal aber schaffte sie den Überschlag nicht gleich, sondern blieb einen Moment lang kopfüber stehen, bevor die Schaukel nach unten schwang, und in diesem Moment fiel ihr der Rock über den Kopf und man konnte ihre Schlüpfer sehen. Ist ja klar, dass Marianne jetzt lieber unten stehen bleiben und so tun möchte, als hätte sie Kopfschmerzen.

Ein paar Wochen später ist dann auch Evelyn dran und kann nicht mehr mit mir auf die Schaukel kommen, nur bei mir tut sich gar nichts. Sonja war vierzehn, als sie ihre Tage bekam, also werde ich wohl auch solange warten müssen. Ich habe Angst, dass ich sie vielleicht nie bekomme und dann ganz anders bin als die anderen und allein am Rand stehe. Das habe ich schon mal erlebt und es war das Schlimmste, was mir je passiert ist. Es kam deshalb, weil Herr Gabriel uns eine Stunde allein lassen musste und zu mir sagte: »Pass auf, dass die Klasse ruhig ist und schreibe die Lauten an die Tafel.« Und da stand ich dann vorn am Pult und schrieb die Lauten an die Tafel. Ich weiß gar nicht, was ich mir dabei gedacht habe, ich glaube, ich war einfach gebauchpinselt, dass mein Klassenlehrer mich ausgewählt hatte, an seine Stelle zu treten, so dass ich mir fast erwachsen vorkam und gar nicht merkte, dass er niemals einen Namen an die Tafel schreiben musste, weil wir von selbst still waren. Da hat er wohl gedacht, ich schaffe das nicht und brauche Kreide und Tafel. Und so war es dann auch. Niemand hat eingesehen, dass er bei mir still sein sollte.

Kurz danach erlebte ich den schlimmsten Tag in meinem ganzen Leben. Es war der Tag der Klassensprecherwahl. Es wurden verschiedene Namen vorgeschlagen, aber meiner war nicht dabei. Die lange Elfriede bekam die meisten Stimmen und da wusste ich, dass ich abgewählt worden war. Herr Gabriel schaute ganz betroffen. An diesem Tag wurde ich von allen geschnitten, niemand sprach mit mir, alle liefen nach der Schule zum Dorfteich und rutschten auf dem Eis herum, nur ich blieb zurück und fühlte mich so allein wie noch nie in meinem Leben. Ich saß mit dem Schulranzen auf einer Bank, hörte aus der Ferne das Lachen der Glücklichen und merkte nicht einmal, dass Evelyn mich gesucht und sich neben mich auf die Bank gesetzt hatte. Damals habe ich viel nachdenken müssen und mir war, als würde ich dadurch ein bisschen erwachsener. Vielleicht haben sie mich deshalb dann später doch wieder gewählt. Aber seitdem bin ich vorsichtig, wenn Herr Gabriel, bloß weil ich gut in Deutsch und Rechnen bin, etwas von mir verlangt, was er selber machen muss. Ich frage ihn ja auch nicht, ob dann, wenn Marianne und Evelyn nicht zu der Schaukel mit Überschlag kommen können, er für sie einspringt.

DIE OHRFEIGE

Irgendwie ist alles anders geworden, seit mein Vater mir die erste Ohrfeige in meinem Leben verpasst hat. Ich fand schon immer, dass die Erwachsenen eine andere Sorte Mensch sind, aber ich kann mich nicht erinnern, so richtig von ihnen angegriffen worden zu sein. Meine Mutter hatte bei Frau Blanka einen Siebenstriemen an der Wand hängen, sie hat ihn aber nie benutzt, sondern nur unsere Köpfe zusammen gestoßen, wenn wir uns gestritten haben, das ging ja noch. Gemeckert haben die Erwachsenen immer mal wieder und gedroht haben sie auch mit ihrem »Wenn du nicht hörst, dann …« Bei meiner Mutter hätte ich es mir eher vorstellen können, dass sie uns eine langt, weil sie sich manchmal so richtig über uns ärgert, sie hat eben nicht so starke Nerven wie wir. Aber bei meinem Vater hat es mich so überrascht, dass ich gar nicht darüber hinwegkomme.

Es hat mit Herrn Gabriel angefangen. Eigentlich musste ich wissen, dass er stur sein kann. Das haben wir ja schon früher gemerkt, wenn er mit uns in seinem dunklen Anzug und seiner Zigarette in der Hand in den Wald ging. Er nahm nämlich nie etwas von unserem Kartoffelsalat an, den unsere Mütter uns in Weckgläser gefüllt hatten und den wir sofort aßen, sobald wir im Wald ankamen. Wir hielten ihm die Gläser entgegen, aber er hat immer den Kopf geschüttelt. Ich habe mich manchmal gefragt, wovon er außer seinen Zigaretten gelebt hat. Das war in der fünften Klasse gewesen, aber dass er immer noch so stur ist, das habe ich erlebt, als wir am Ende des siebten Schuljahres wieder einen Ausflug machen wollten, aber dieses Mal etwas weiter weg, ein paar Stationen mit der S-Bahn nach Birkenwerder. Gerade an diesem Tag wollte Sonja mit zwei Freundinnen ebenfalls dorthin zum Baden fahren. Sie darf jetzt schon viel mehr als ich, denn sie ist mit ihrer Schule fertig, ist wieder zu uns gezogen und will im September ein Praktikum im Krankenhaus beginnen. Mir ist, als ob sie immer weiter von mir weggeht, ins richtige Leben hinaus, wo sie machen kann, was sie will, aber alles ohne mich. Dagegen ist Bärbel eine richtige Klette, die immer an mir dranhängt und überall hin mitkommen will. Und weil Sonja erzählte, dass sie an dem Tag in dem See baden wollte, an dem wir einen Klassenausflug machten, habe ich gesagt: »Das ist ja prima, dann bleibe ich dort bei euch«. Im Nachhinein weiß ich nicht, ob das Sonja so recht war. Aber dass Herr Gabriel sagen würde: »Das kommt nicht infrage, wir fahren gemeinsam hin und gemeinsam zurück«, damit hatte ich nun gar nicht gerechnet.

»Wieso denn, das verstehe ich nicht, ich komme dann eben ein bisschen später, was ist denn dabei?«

Da hat er die Stirn gerunzelt.

»Ich habe die Verantwortung für euch und deshalb beenden wir den Ausflug dort, wo wir ihn begonnen haben, nämlich in der Schule. Wir gehen morgens um neun Uhr los und sind nachmittags um drei wieder zurück. So steht es in dem Schreiben, das eure Eltern unterzeichnet haben und so wird es auch gemacht. Punkt. Du kannst ja nachher wieder hinfahren.«

Was heißt denn ›Punkt‹? Nach einem Punkt kommt ein neuer Satz, der steht in meinem Kopf und heißt: »So ein Quatsch. Er will immer, dass wir nachdenken, aber mit einem Mal hält er sich selbst nicht daran. Erst eine halbe Stunde zur S-Bahn laufen, dann nach Birkenwerder fahren, Kartoffelsalat essen, zwei Stunden dort sein, wieder mit der Bahn zurück, noch eine halbe Stunde zur Schule zurück laufen und dann das Ganze noch mal von vorn?«

Aber da gab es nichts zu rütteln und zu rühren, Herr Gabriel blieb stur.

Da habe ich ihn mit einem Mal gehasst und gedacht: Nein! Und habe mir geschworen, niemandem etwas zu sagen, aber zu machen, was ich will. Und so war es dann auch: Ich bin mitgefahren, habe nur ein bisschen Kartoffelsalat gegessen, damit noch etwas für später übrig blieb, bin dann mit der S-Bahn zurückgefahren und als wir am Bahnhof ankamen, bin ich nicht mit zurück zur Schule, sondern einfach zum gegenüberliegenden Bahnsteig gelaufen, wo schon eine S-Bahn stand, die in die entgegen gesetzte Richtung fuhr und weg war ich. Sonja war ganz überrascht, als ich doch noch auftauchte. Sie und ihre Freundinnen hatten viel miteinander zu bereden, wovon ich nichts mitkriegen sollte und deshalb schwamm ich dann einfach weit auf den See hinaus und fühlte mich allein.

Es war schon dunkel, als wir nach Hause kamen, ich hatte einen Sonnenbrand und war stolz auf mich, aber kaum hatte mein Vater die Tür geöffnet und mich als erste gesehen, bekam ich auch schon eine geknallt.

»Wo bist du gewesen, es ist schon dunkel und euer Ausflug ist doch längst zu Ende.«

Aber dann sah er Sonja, von der er ja wusste, wo sie herkam und da konnte er sich selbst ausrechnen, wo ich gewesen war. Ich habe nicht geheult, sondern mich gleich in unser Zimmer verzogen und ganz schlecht behandelt gefühlt. Wenn meine Mutter mir nicht doch noch das

Abendbrot gebracht und gesagt hätte: »Gut, dass du wieder da bist, du weißt ja nicht, was wir uns für Sorgen gemacht haben«, hätte ich gar nicht gemerkt, dass sie Angst gehabt hatten. Sie können es einfach schwer aushalten, wenn einer nicht rechtzeitig nach Hause kommt, weil sie fürchten, dass man nicht wieder kommt, so wie damals mein Vater. Aber deshalb gleich eine Ohrfeige?

Am nächsten Tag hielt Herr Gabriel mir eine Standpauke und ich musste einen Aufsatz darüber schreiben, wie man sich auf einem Schulausflug benimmt. Das fand ich nun das Allerletzte und deshalb habe ich in der Pause schnell eine Seite runter geschrieben, in der stand, dass der Lehrer in der Zeit, in der er mir eine Strafpredigt gehalten hat, uns lieber etwas hätte beibringen sollen. Ich war so in Fahrt, dass ich mich mit meinen Formulierungen richtig überschlug. Ich habe den Aufsatz dann gleich der Klasse vorgelesen, die aus dem Lachen gar nicht raus kam, bis mit einem Mal Herr Gabriel vor mir stand und mir das Blatt aus der Hand nahm, es überflog und dann ein Wort zu mir sagte, das ich noch nie gehört hatte und deshalb auch nicht verstand, nämlich ›impertinent‹.

Noch am selben Tag war er bei meinen Eltern und hat sich über mich beschwert. Er hat ihnen meinen Aufsatz gezeigt. Aber es war gar nicht der Aufsatz, um den es ihm ging. Mein Vater hat mich danach wieder mal zu sich gerufen. Ich war schon darauf gefasst, wieder eine Ohrfeige zu kriegen, weil ich mich einem Lehrer widersetzt habe, aber es war ganz anders.

Er hat gesagt, der Aufsatz sei zwar witzig, aber ungehörig, doch das sei nicht das Problem. Das Schlimmste für Herrn Gabriel sei, dass ich ihn vor der Klasse lächerlich gemacht habe und darüber sollte ich doch mal nachdenken und mich entschuldigen. Warum habe ich mich nicht getraut zu sagen, dass er auch mal darüber nachdenken solle, dass nicht die Ohrfeige an sich das Schlimme gewesen sei, sondern dass er mich von sich gestoßen und in den Dreck geworfen hat. Und dass ich, solange er sich nicht bei mir entschuldigt, ich das auch nicht bei Herrn Gabriel tun werde. Die Ohrfeige hat mir klar gemacht, dass ich jetzt für manche Sachen zu groß bin. Ich lasse mir von niemandem mehr eine runterhauen.

Ich habe mit einem Mal keine Lust mehr, zusammen mit Bärbel, die neuerdings Nadelarbeit als Fach hat, die Hosenbeine am Pyjama meines Vaters zuzunähen, dann abends durchs Schlüsselloch zu gucken und darüber zu kichern, wenn er sich beim Anziehen verheddert. Ich habe das Kindsein satt.

RIGOLETTO

Fünf Mädchen aus meiner Klasse dürfen auf die Oberschule gehen. Sie müssen zwar eine halbe Stunde zur S-Bahn laufen und dann noch eine halbe Stunde nach Norden fahren, aber das macht ihnen nichts aus, sie freuen sich, dass ihr Leben weitergeht. Die lange Elfriede ist nicht dabei, sie ist nicht in den Jungen Pionieren, genau wie ich, aber sie will sowieso Briefträgerin werden und dafür braucht sie kein Abitur. Ich will keine Briefträgerin, Verkäuferin oder sonst was werden, darum steht mein Leben mit einem Mal still und das von Evelyn auch.

Als Herr Gabriel uns die Namen vorliest, die auf dem Schreiben stehen, sieht er ganz versteinert und noch blasser aus als sonst, nur die Stirn ist gerunzelt. Ich kenne ihn, ich weiß, was er denkt: dass wir jetzt nämlich in einem Arbeiter- und Bauernstaat leben und dass deshalb nicht die mit den guten Noten, sondern die, deren Eltern Arbeiter und Bauern sind, weiter zur Schule gehen können. Obwohl, Bauernkinder haben wir gar nicht in unserer Klasse und Hannes, den Marie für den großen, dunkellockigen

Peter mit der tiefen Stimme stehen gelassen hat – das schadet ihm gar nichts – wird sowieso nicht zur Oberschule können, weil er auf dem Hof seiner Eltern helfen muss.

Die fünf Mädchen aus meiner Klasse haben sich, wie es heißt, ›gesellschaftlich betätigt.‹ Sie haben sich dadurch, dass sie bei den Jungen Pionieren sind, ein blaues Halstuch tragen, in den Wald fahren und Schnipseljagd spielen, als nützliche Mitglieder unserer Gesellschaft erwiesen. Das habe ich nun davon, dass mein Vater mich nicht bei den Jungen Pionieren hat mitmachen lassen, jetzt weiß ich nicht, wie es weitergehen soll. Marianne und Helga wollen einen Beruf lernen, aber Evelyn möchte gern die mittlere Reife machen. Auch wenn mein Vater kein Arbeiter oder Bauer ist, so ist er doch kein Kapitalist oder Großbauer, sondern ein Fahrradfahrer und Vertreter für Schnapsdosierer, wo soll man ihn da einsortieren? Und Evelyns Vater ist sogar im Krieg gefallen, da müsste es doch eigentlich extra Punkte geben.

Im Westen wäre uns das nicht passiert, aber da können wir nicht so einfach hingehen. Mein Vater sagt, das Geld, das er verdient, würde im Westen nicht ausreichen, wir könnten nur davon leben, weil wir es in Ostgeld umtauschen. Es reiche gerade noch dafür, dass ich einmal in der Woche eine Klavierstunde haben könne. Frau

Kowatschy wohnt in Frohnau in einem Villenviertel. Dort sind die Häuser größer und schöner als bei uns und auch Frau Kowatschy ist größer und schöner als die Frauen, die ich kenne, schöner sogar als meine Mutter, Tante Dora und Evelyn. Sie hat mir erzählt, dass ihr ehemaliger Lehrer Schüler bei einem Lehrer war, der Schüler von einem anderen Lehrer, der wiederum Schüler von Clara Schumann war. Das klingt so, als stamme sie von Clara Schumann ab und ein bisschen fühle ich mich auch mit ihr verwandt, wenn ich Schülerin von Frau Kowatschy bin. Ich habe einen Film über Clara Schumann gesehen, in dem sie vor jedem Konzert ihren Ehering abzieht und neben die Tasten legt. So, als wollte sie sagen, dass die Ehe unterbrochen ist, solange sie musiziert. Frau Kowatschy behält ihre Ringe beim Spielen immer an, aber ich mache es jetzt mit dem Goldring, den ich im Sand gefunden habe und behalten darf, auch so wie Clara Schumann. Er ist auf der Unterseite mit einem Wollfaden umwickelt, weil er mir noch zu groß ist, aber ich werde schon in ihn hineinwachsen, ich bin ja auch in die Noten hineingewachsen. Anfangs musste ich meiner Lehrerin die Stücke aus dem Kopf nachspielen, weil es keine Noten zu kaufen gab, aber seit Großvater mir seine Notenbücher gebracht hat, auf denen in Goldschrift Chopin, Beethoven und Schubert steht, lerne ich jetzt, nach Noten zu spielen. Frau Kowatschy hat lange Finger, am meisten beeindrucken mich ihre roten Fingernägel und die Armbänder, die leise klingeln, wenn ihre Finger auf dem Flügel die Tonleitern rauf und runter sausen. Ich versuche es ihr nachzumachen, aber meine Hände sind viel kleiner und die Finger sind viel kürzer. Und auch ohne Nagellack.

Als Herr Behrens zu mir gesagt hat, ich solle auf einem Chorkonzert ein Klavierstück vorspielen, habe ich es erst gern machen wollen, aber dann solche Angst gekriegt, dass meine Knie während des Spiels beim Pedaltreten gezittert haben. Und dabei hatte ich schon das langsamste Stück ausgewählt, das ich kannte. Clara Schumann hat nie gezittert, jedenfalls in dem Film nicht. Der Unterricht kostet Westmark und ist für meine Eltern so teuer, dass ich Angst habe sie zu enttäuschen, wenn ich zittere, aber ich kann nichts dagegen machen. Beim nächsten Chorkonzert habe ich deshalb meinen linken Arm, den ich mal gebrochen hatte, mit einer Binde umwickelt und gesagt, ich hätte eine Zerrung und könne nicht spielen. Frau Kowatschy erzähle ich nichts davon, sie ist so schick und hat sogar ein eigenes Musikzimmer. Einmal habe ich sogar geschwänzt, weil ich nicht geübt und keine Lust hatte, aber da fühlte ich mich so schlecht, dass ich mich das seitdem nicht mehr traue. Ich fühle mich auch schlecht, weil ich immer noch manchmal etwas Geld aus dem Portemonnaie meiner Mutter nehme, um mir Bonbons zu kaufen, aber ich fühle, dass ich allmählich zu groß dafür bin. Ich hätte lieber ein bisschen Taschengeld so wie Evelyn, aber meine Eltern sagen: »Ihr seid drei Kinder, das ist uns zu viel.« Großmutter hat das mitgekriegt und wird ihre rote Kassette aufschließen und uns Taschengeld geben, über das wir selbst bestimmen können. Wenn ich sie allein besuche, bekomme ich immer eine Ostmark fürs Kino und für ein Eis am Stiel. Am liebsten sitze ich hinten in der letzten Reihe, lutsche das Eis und kann die Tränen an den traurigen Stellen fließen lassen. Am meisten habe ich in dem Film ›Rigoletto‹ geweint, wo der böse Hofnarr den Herzog ermorden lassen will, weil er seine Tochter Gilda verführt hat. Durch einen Irrtum wird aber Gilda getötet und in einem Sack ihrem Vater übergeben, der ihre Leiche entdeckt und dadurch für seine Bosheit bestraft wird. Mir aber hat er leid getan, die Strafe war doch zu hart. Wenn das meinem Vater passierte, dann verstünde er vielleicht, was er an mir verliert, und bereute die Ohrfeige. In einen Herzog würde ich mich schon gern verlieben und dann den Ehering neben die Tasten legen, aber man sieht ja, was dabei herauskommt. Clara Schumann saß später allein mit den Kindern da, als ihr Mann ins Wasser ging.

Seit Evelyn mir erzählt hat, dass sie im Sommer eine Tante in Westdeutschland besuchen und dann nicht wieder zurückkehren will und dass ich das niemandem weitersagen dürfe, fühle ich mich auch allein, obwohl sie noch da ist und wir beide ihr Geheimnis teilen.

ZWEI WUNDER

Jetzt hängen auch meine Binden auf der Leine, nachdem meine Mutter sie in einem großen Topf auf dem Gasherd gekocht und gewaschen hat. Als ich das Blut sah, war mir, als würde ich in jemand anderes verwandelt. Es war ein Wunder. Ich wusste mit einem Mal, dass ich kein Kind mehr bin. Von einem Moment auf den anderen war alles anders geworden und das war auch nicht mehr rückgängig zu machen.

Tante Dora hat mir ein Paar Nylonstrümpfe und einen Hüfthalter geschenkt und Sonja nimmt mich manchmal mit, wenn sie mit ihren Freundinnen tanzen geht. Das ist aufregender als immer zu Hause zu sitzen und für die Prüfung zu lernen, mit der wir die Schule in Glienicke in diesem Sommer abschließen werden.

Marianne, Helga, Evelyn und ich hatten immer gegenseitig beobachtet, wie und wo unsere Haare gewachsen sind. Das war ganz aufregend, wenn bei einer was Neues zu sehen war. Jetzt haben wir alle unsere Tage und wissen, dass wir richtige Frauen sein werden, die heiraten und

Kinder kriegen können. Deswegen haben sich die Mädchen in meiner Klasse zu ihrer Konfirmation die Zöpfe abschneiden lassen und tragen jetzt das Haar kurz. Ich habe auch ohne Konfirmation kurze Haare und brauche dafür auch nicht die Jugendweihe, bei der die Jugendlichen aufgereiht in Sonntagskleidern dastehen und von einem Staatsvertreter beglückwünscht werden, dass sie kein Kind mehr sind. Ich kann ohne das alles groß werden, das sehe ich ja an Sonja, die jetzt einen Busen hat und sich heimlich mit Klaus trifft. Sie steigt dafür abends aus dem Fenster unseres Zimmers und klettert später wieder hinein. Ich öffne und schließe für sie das Fenster und halte Wache, aber ich tue so, als schliefe ich und Bärbel muss das ebenso machen, falls meine Mutter noch mal hereinschaut und zum zweiten Mal »Gute Nacht« sagt, was sie manchmal tut – so, als könne sie sich von uns nicht trennen oder als ob sie ahne, dass sich hinter ihrem Rücken etwas abspielt, von dem sie nichts weiß. Aber wir müssen schon zusammen halten, sonst kommen wir zu gar nichts.

Sonja ist in Hausarbeit viel besser als ich, mein Vater nennt sie sogar ›Hausmütterchen‹ und vielleicht heiratet sie bald den Klaus, kriegt Kinder und bleibt den ganzen Tag zu Hause. Ich habe aber keine Lust, die Betten zu machen, Staub zu saugen, zu fegen, zu wischen, die Fenster zu putzen. Ich gehe lieber in die Schule, da ist viel mehr los als im Haus.

Seit neuestem haben wir eine nette Lehrerin, die ein bisschen schielt, aber eine so schmale Taille hat, dass ihr Rock unter dem engen, breiten Gürtel richtig absteht. Ich muss sie immer anschauen, wenn sie uns auf der Landkarte zeigt, wo wir und wo die Menschen in der Sowjetunion leben, aber ich schaue nicht dorthin, sondern lieber auf ihre Taille. Wenn Herr Gabriel und sie Aufsicht auf dem Schulhof haben, passt er viel weniger auf als sonst. Ich weiß nicht, was er ihr alles erklären muss, jedenfalls ist es etwas Lustiges, denn die beiden lachen ganz viel. Es gefällt mir, dass er mal nicht so ordentlich ist wie sonst. Er ist wieder freundlich zu mir und ich muss mich seit damals auf dem Ausflug nicht mehr über ihn ärgern. Er fragt mich manchmal, was ich werden will. Aber ich weiß es noch nicht, ich kann ja nicht sagen: so wie Clara Schumann. Ich weiß nur, was ich alles nicht will, ich will keine Kranken pflegen wie Sonja, ich will nicht Fahrrad fahren wie mein Vater, ich will nicht auf dem Markt Waren ausrufen wie meine Mutter, ich will auch noch lange nicht heiraten und Kinder bekommen. Aber was und wie ich es machen soll, weiß ich auch nicht. Ich habe genau wie Evelyn eine Tante in Westdeutschland. Ich schreibe ihr lange

Briefe, wenn sie uns ein Paket geschickt hat, in dem Schokolade und Apfelsinen sind. Aber ich will nicht zu ihr, ich kenne sie ja gar nicht wirklich. Was soll ich ohne Sonja und Bärbel, ohne meine Mutter, meinen Vater, ohne Großmutter und Großvater und ohne Tante Dora tun? Als ich vor zwei Jahren allein auf dem Land bei diesen Verwandten war, war es schlimm genug gewesen. Großmutter hat mir erzählt, dass der Großbauer, bei dem ich war, inzwischen enteignet worden ist. Das ist die Strafe dafür, dass er so unfreundlich war und dass die Bäuerin mir keine Äpfel gegeben und mir meine Flöte weggenommen hat.

Weil es so unklar ist, was aus mir werden soll, fahre ich mit dem Fahrrad in den Wald, lege mich an den See und lese die Bücher, die ich kriegen kann. Mein Großvater hat von ein paar Dichtern gleich mehrere Bände mit Golddruck auf dem Rücken, aber die darf ich nicht mitnehmen, sondern muss sie im Herrenzimmer lesen. Am spannendsten habe ich ›Die Ahnen‹ von Gustav Freytag gefunden. Großmutter hat mir aber erlaubt, ihr einziges Jugendbuch, das ›Töchteralbum‹ heißt, und den Roman ›Goldelse‹ von Eugenie Marlitt mitzunehmen. Mein Vater spricht von der Schriftstellerin als ›der Marlitt‹ und sagt es ganz abfällig, weil er ihre Bücher kitschig findet, aber das ist mir egal.

Mir gefällt auch das Buch ›Die Familie Pfäffling‹, das meine Mutter so gern hat und in dem sich eine Familie tapfer durchs Leben schlägt und froh miteinander ist. So wie wir, nur dass ich immer weg und was Neues erleben will und darum streite ich mich in letzter Zeit öfter mit meiner Mutter, weil ich daheim bleiben und nicht so unruhig herumstreunen soll. Ich glaube, sie findet mich zickig, darum hat sie mir letztes Weihnachten ein Bild geschenkt, auf dem steht. ›Und Liebe spiegelt sich in Liebe wider‹ und mich mit ihren großen blauen Augen traurig angesehen. Da fühlte ich mich ganz ungerecht behandelt. So muss es meinem Großvater gegangen sein und deshalb tut es mir auch leid, dass ich ihm damals den Spruch ›Mann, ärgere deine Frau nicht‹ geschenkt habe. Mein Spruch könnte auch heißen ›Kind, ärgere deine Eltern nicht‹ und das mag ich ebenso wenig. Darum bin ich lieber allein im Wald am See, wo die Libellen tanzen, und lese. Ein bisschen lerne ich auch für die Prüfung, aber ich weiß nicht, wofür ich mich anstrengen soll.

Und da ist mit einem Mal ein zweites Wunder geschehen, so wie bei Sterntaler, als dem Mädchen das Gold in den Schoß geregnet ist. Die Prüfungsarbeiten waren geschrieben, die mündliche Prüfung war vorbei, da kommt Herr Gabriel am letzten Schultag mit den Abschlusszeugnissen in unsere Klasse und verteilt sie. Nur ich bekomme keines. Ich schaue ihn fragend an: Was ist los, was habe ich falsch gemacht, dass ich kein Zeugnis bekomme? Da strahlt er mich an.

»Du bekommst eine ›Belobigungsurkunde‹ vom Staat und kannst dir eine Oberschule in der gesamten DDR aussuchen.«

Das Wort habe ich noch nie gehört, ich zähle schnell nach, während ich mich am Tisch festhalte, es ist mit achtzehn Buchstaben das bisher längste Wort, also eines für mein Kästchen. Ich fühle, wie die Bank sich unter mir hebt und ich zu schweben beginne.

»Warum das denn?«

»Weil du die Prüfung mit Auszeichnung bestanden hast.«

Ich kann es aber erst glauben, als ich es schwarz auf weiß sehe, nämlich ein paar Tage später, als mir das Zeugnis feierlich vom Direktor zusammen mit Maxim Gorkis gesammelten Erzählungen überreicht wird.

Jetzt geht mein Leben weiter.

Ich habe eine Oberschule in Pankow gewählt und bin ganz aufgeregt. Ich glaube nicht wirklich, dass ich so gut bin, wie es auf dem Zeugnis steht. Herr Gabriel würde es nie zugeben, aber ich habe den Verdacht, dass er die anderen Lehrer überredet hat, mir eine bessere Note ins

Zeugnis zu schreiben, weil er gesehen hat, dass ich in einer Sackgasse stecke und den Weg nur heraus finde, wenn ich weiter zur Schule gehen kann. Er hat es getan, obwohl ich so frech zu ihm war. Das werde ich ihm nie vergessen, ich schwöre es. Durch ihn bin ich noch einmal für eine kurze Zeit in ein Kind zurück verwandelt worden, das staunt, weil es von einem guten Zauberer beschenkt wird.

BIOGRAPHISCHES

Dietlind Köhncke

Dietlind Köhncke wurde 1937 in Aachen geboren und ist in Ost-Berlin aufgewachsen. Nach ihrer Flucht in den Westen studierte sie Literaturwissenschaft, Philosophie und Soziologie in Frankfurt am Main, Marburg und Gießen und unterrichtete anschließend Deutsch und Politik an beruflichen Schulen und am Hessenkolleg Wetzlar. Neben der eigenen Lehrtätigkeit ließ sie sich zur Gruppenanalytikerin und Supervisorin ausbilden und arbeitet heute in eigener Praxis sowie als Gruppenlehranalytikerin und Dozentin am Institut für Gruppenanalyse Heidelberg e.V. Sie hat zwei Romane, ein Kinderbuch, Erzählungen und Gedichte geschrieben und veröffentlichte eine Reihe wissenschaftlicher Essays zum Thema ›Spiel und Kreativität‹.

Helga Brehr
Ödipa
Novelle

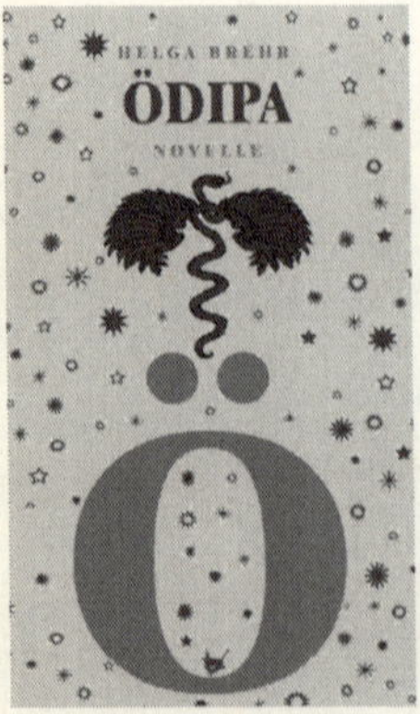

Stammkneipe ›Florian‹, Berlin-Charlottenburg. Hier treffen sich jeden Donnerstagabend beim Wein die zwei alternden Freunde Hartmut und Klaus: Rentner, Witwer, vereinsamte Männer, mit unterschiedlichen Weltanschauungen und Diskussionen, die auch schon mal in Streit ausarten. Klaus drängt zum ersten Mal darauf, eine eigene Geschichte vorzutragen, angelehnt an seinen Lieblingstragiker Sophokles. Jede Woche wird nun – häppchenweise und gespickt mit Zitaten – die Geschichte der Frau Idipa – oder Ödipa, wie Klaus sie am liebsten nennen würde – erzählt: Als Idipa Lars kennenlernt, scheint sie die Liebe ihres Lebens gefunden zu haben, nach der sie sich so lange gesehnt hat. Dass die Idylle nur trügerisch ist, stellt sich erst heraus, als sie sich Jahre später auf die Suche nach ihrer eigenen Vergangenheit macht. Ein gewaltsamer Tod, das Fehlverhalten anderen gegenüber und die Leugnung der eigenen Taten, führen die Frau von einem ins anderen Unheil. Schuld und Schicksal holen sie ein und die Wahrheit ist grauenvoll.
Helga Brehr behandelt in ihrer Novelle das Schuldgefühl zweier Menschen, die auf Vergebung hoffen.

ISBN: 978-3-942223-88-1
eISBN: 978-3-942223-89-8

Thomas Pregel
Hartznovelle

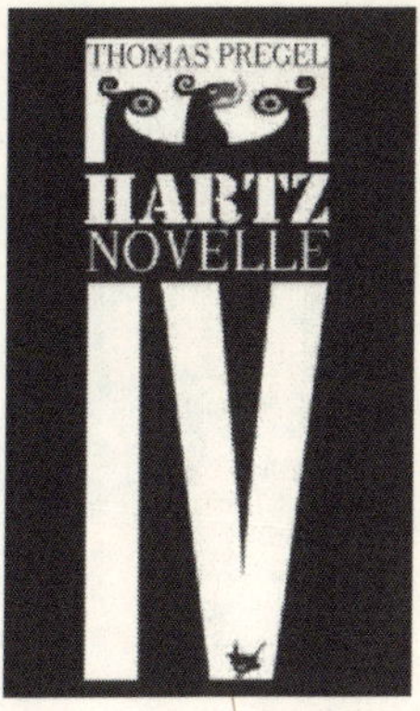

Emser Eck, Berlin-Neukölln, Dienstagabend. Heiko, Katharina und Sebastian treffen sich, wie schon seit Langem, auf ein Glas Bier. Alle sind Mitte 30, Hartz IV-Empfänger, doch bei jedem hängt zu Hause ein Magister- oder Promotionsabschluss an der Wand und sie sind zutiefst deprimiert. Denn wer in diese Hartz-IV-Kneipe kommt, interessiert sich weder für das Wetter noch für den Wechsel der Jahreszeiten, sondern scheinbar nur noch für das Versaufen der Zeit. Am Anfang sollte das noch ein Scherz sein, eine Art Milieustudie mit Alkoholgenuss: Mal sehen, ob es bei diesen Leuten da unten wirklich so zugeht, wie man hört. Und heute gehören sie fast schon dazu. Was machen Arbeitslose, wenn der Markt keine passende Arbeit für sie bietet? Wie werden sie von den Behörden behandelt? Welche Gedanken beschäftigen sie und vor allem: Welche Wünsche können Wirklichkeit werden?
Thomas Pregel dokumentiert die Arbeitsmarkt-Erfahrungen seiner Protagonisten und lässt tief in den Hart-IV-Alltag der drei Akademiker blicken. Durch Tagebucheinträge sowie scharfe Beobachtungen des Amtsapparats und der ans Absurde grenzenden Bürokratie-Falle wird der Wert des Menschen hinterfragt. Diese Hartznovelle ist eine sarkastische Darstellung unserer schnelllebigen und sensationshungrigen Gesellschaft.

ISBN: 978-3-942223-90-4
eISBN: 978-3-942223-91-1

Angela Schmidt-Bernhardt

Oktoberzug nach Riga

Geschichte einer Ermordung

Novelle

Marie hat eine weitverzweigte Familie und manche davon sind verschollen, wie sie im Rahmen einer Semesterarbeit über Stolpersteine für im Holocaust umgekommene Menschen feststellen muss. Wer waren Charlotte und Werner Heimann, und was ist mit ihnen geschehen? Gleichzeitig begibt sich in Amerika der Journalist John auf die Suche nach Überlebenden und deren Nachkommen, denn sein verstorbener Großvater hat durch seine Bürgschaft Menschen vor den Vernichtungslagern bewahren können. Eine Spurensuche beginnt: von der Stolpersteine auf der Bamberger Straße Nummer 48 in Berlin bis zu einen Oktoberzug, der 1942 nach Riga abging. Mit jeder neu entdeckten Spur vervollständigt sich die Geschichte einer Ermordung. Die Vergangenheit beginnt zu leben.

Angela Schmidt-Bernhardt beschreibt das unruhige Gemüt der jungen Generationen, die die Geschichte ihrer Herkunft und Identität anhand eines bisher schamhaft verschwiegenen Kapitels der eigenen Familie zu hinterfragen beginnt. Es geht ihr dabei um die grundlegenden, universalen Fragen: Wer bin ich wirklich, wenn ich kaum weiß, wer meine Vorfahren sind und woher ich komme?

ISBN: 978-3-942223-68-3
eISBN: 978-3-942223-69-0

Edit Engelmann

Scherben vor Gericht

Albtraum eines Premierministers

Novelle

Was zuerst wie eine Karneval-Veranstaltung aussieht entpuppt sich als ein längst fälliger Prozess, den auch Berühmtheiten wie Zenon, Perikles, Brecht, Macchiavelli, Keynes und sogar Kaiser Augustus ihn nicht entgehen lassen. Der Premierminister und seine Regierungsmitglieder sitzen in der Anklagebank. Ihnen wird der Spiegel ihre Taten vorgehalten: Das gesamtes Land liegt in Scherben! Wie konnte das passieren? Welche Argumente werden die Angeklagten Minister gegen ihre vorgeworfene Wirkungsweise setzen? Zu welchem Urteil werden die Verfechter von Freiheit und Demokratie aus zwei Jahrtausenden kommen?

Edit Engelmann, die seit Jahren in Athen lebt und von der europäischen Politik inspiriert worden ist, erzählt in diese Volkssatire die Möglichkeit eines jeden Bürgers Traum: Politiker die durch Gier und Unverstand regieren zu bestrafen. Ihre Novelle ist ein kritisches Erinnerungsakt an die menschlichen Errungenschaften über Demokratie, Solidarität, Souveränität, Nationalbewusstsein, soziale Integrität und Menschenrechte – Wörter, die in jede Schule gelernt werden, Werte, die Weltweit propagiert werden, Praxis, die immer wieder in ihre Ausübung ermangelt.

ISBN: 978-3-942223-70-6
eISBN: 978-3-942223-71-3

Petra Mitchell
Neun Briefe, drei Fotos, ein Name
Biographie einer deutschen Frau

Petra Mitchell entstand aus der Verbindung einer deutschen Mutter und eines amerikanischen Soldaten im besetzten Nachkriegsdeutschland, 1947 in ein kleines Dorf in Franken geboren. Schon als Kind muss sie mit Diskriminierung, Ablehnung und Demütigung konfrontiert werden, denn sie ist ein »Bastard«, ein »Besatzungskind«, ein »Vermächtnis des Feindes«, ein Kind ohne legitimen Vater. Petra wächst auf mit der Hoffnung ihren Vater zu finden, Briefe und Fotos im Schlafzimmer ihrer Mutter bestätigen seine Existenz, sie lernt englisch, sie Sucht Wege nach Amerika zu gelangen, sie verliebt sich in einen stationierten amerikanischen Soldaten. Die Mutter muss verhindern dass ihr das gleiche Schicksal widerfährt. Ein Handeln mit Folgen.

Petra Mitchell ist eines von den ca. 60 - 100.000 Kindern, die nach dem zweiten Weltkrieg geboren würden, deren Väter zum größten Teil unbekannt blieben. In ihrer bewegenden autobiographischen Geschichte beschreibt sie die Suche nach ihrem Vater, die Schwierigkeiten eine Identität zu finden und das eigene Leben in den Wirren der Gefühle Ehrenvoll zu Gestalten. Ihre Erzählung ist ein Stuck Deutsche Geschichte, in den Frauen die Protagonisten sind, sowohl im Leid, wie auch in der Freude.

ISBN: 978-3-942223-72-0
eISBN: 978-3-942223-73-7

Fotini Tsalikoglou

Die Geheimnisse der Tochter

Roman

aus dem Griechischen von Gesa Singer

Sie war erst elf Jahre alt und verstand nicht, warum ihre Mutter so wenig sprach und nicht wie alle anderen Mütter war. Wenn der Arzt kam, wirkten alle ernst, schlossen die Tür, sprachen vorsichtig. Manchmal hörte sie laute Stimmen und Kristallglas zerspringen. Dann stellte jemand das Radio laut. Dunkel und kompliziert war alles in ihr und um sie herum. Ihr Kopf dröhnte. Da fing sie an zu schreiben, damit sie den Geheimnissen und dem Geflüster besser lauschen konnte, die mit jedem Tag immer weiter wuchsen und anschwollen, so wie ihr Körper, und zu ihren persönlichen Geheimnissen wurden. Durch die Tagebucheinträge, die im September 1959 beginnen, entwickelt sich eine sprachlich und psychologisch fesselnde Erzählung, geschrieben aus der Perspektive eines Mädchens. Die Tochter einer unter schweren Depressionen leidenden Mutter versucht, ihr Leben zu verstehen, das von der emotionalen Abwesenheit der Mutter geprägt ist. Ein Abschiedsbrief des Liebhabers regt die Fantasie des Kindes an, das in dieser verworrenen Situation Orientierung zu finden und bei dem Versuch ihrer Selbstwerdung immer wieder die Aufmerksamkeit ihrer Mutter zu erregen strebt.

ISBN: 978-3-942223-66-9
eISBN: 978-3-942223-67-6

GRÖSSEN
WAHN
VERLAG

Lenaustraße 97
60318 Frankfurt am Main
Tel.: +49 (0)69 48 00 29 92
Mobil: +49 (0)171 28 67 549
www.groessenwahn-verlag.de